坂道トラム

浜 由路 著

セルバ出版

「バイバイ」

娘は覚えたばかりのその言葉を、小さな手を振りながら言った。

オレが腕に抱いている一歳になったばかりの娘は、ゆっくりと走り去っていく黒い車を見て、いつまでもその手を振っていた。

そんな光景を隣で見ていた妻。

「まだ、人が死んじゃったっていうことが分からないんだよね」

思わず出た泪で目を濡らしながらも、おそらく精一杯の笑顔で娘に語りかけた。

妻と娘のそんな姿を見て、心の底から込み上がってくるものを感じた。感情が顔から溢れ出てきてしまう前に、オレは娘の服の中に顔を埋めた。

1

豊山市《とよやまし》の隣、田代市《たしろし》にある高校にオレは通うことになった。

そのような地理的要因から、同じ中学の出身者はオレを含めわずか三人だった。しかも入学したときのクラス分けではどういう意図からか、その数えるほどの人数はそれぞれ別のクラスへと分散させられてしまった。

その二人とはそれほど仲が良かったわけでもないが、同じ中学出身というつながりはとても心強いもの。だから、そのつながりに期待してはいたのだが。

このとき、オレの心の中に存在したふたつの相反するもの。それは、いよいよ高校生活がはじまるという期待と、新たな友達をつくることができるだろうかという不安。しかし、オレなら大丈夫だという、性格ゆえか若さゆえかそんな逞しいまでの根拠のない自信もあった。

期待と不安と自信をごちゃ混ぜにしながら、新たな生活の舞台となる［1-B］の教室に足を踏み入れた。しかし幸いにも、期待と根拠のない自信の二つの力に不安は抗しきれなかったようで、オレは前後の席の二人とすぐに仲良くなることができた。

なんとか、第一関門突破。しかしまだ気は抜けない。

高校は自身が子供から大人へと近付いていく、その舞台となる場所である。それゆえ、いろいろなことを学べるだろう。その味は苦かったり、辛かったり、ときには甘かったり。高校生活はまだまだこれから。油断は禁物だ。

部活は、サッカー部に入ることに決めていた。だからといって、中学でもサッカーをやっていたというわけではない。本格的に競技するとなれば、小学生のとき以来となる。

当時、オレは子供にしては恵まれた体格をしていて、それにものをいわせて、敵を蹴散らすように相手陣地に突っ込んでいき、そのままの勢いでボールをネットに蹴り込むというプレーをしていた。そんな、チームというものをまったく無視したプレースタイルでも一応は評価の対象になっていたらしく、オレはトップというポジションを与えられていた。

しかしそんなプレースタイルは、小学校の高学年になった時点で通用しなくなった。周りのヤツらの身長がどんどん大きくなっていき、オレはその中に埋もれていったのだ。だからその分、技術を磨いた。そして、トップのポジションに必死でしがみついていた。

しかし、小学校卒業後に三年間のブランクが空くことになった。中学では水泳部に入ったからだ。

だから、オレがサッカー部を選んだいちばんの理由は別にある。

日曜日は練習なし、土曜日は隔週で練習なし、という高待遇に惹かれたからだ。土日に試合があるときは当然このスタイルは崩れるが。

そこそこの進学校でもあったため、日曜日に平日の勉強の遅れを取り戻す、というのが日曜日練習なしの理由だ。そして土曜日隔週練習なしはストレス発散のために遊べ、という理由。

平日は学校が終わったらみっちり練習して、日曜日はみっちり勉強して、隔週土曜日はみっちり遊ぶ。そんな生活に魅力を感じたのだ。

かつて熱中していたサッカー。この高校のサッカー部で上を目指したいし、それに行きたい大学も決まってるし。そんなオレにとって、この高校のサッカー部に入ることがいちばんの好都合だったのだ。三年間のブランクがあることに多少の不安はあったが、もちろん覚悟はできていた。

クラスでサッカー部に入るのはオレ一人だった。

仲の良くなった二人のうち二人とも、いや、一人でもサッカー部に入ってくれたら、心持ちはずいぶんと楽だったのに。しかし話はそんなにうまく進むはずもなく、一人は野球部に入り、もう一人は帰宅部になった。しかし、オレにはあの根拠のない自信がある。大丈夫だ、なんとかなる。

県大会では毎回上位に入り、過去には何度か決勝までコマを進めているこの高校のサッカー部。だから、地元の仲のいい中学生が何人もセットになって入部してくるようなものではなく、県内のさまざまな中学の出身者が県大会優勝を夢見て集まってくるはずだ。それゆえ、友達を新たにつくるということにおいては皆、同じスタートラインに立つことになる。

こう考えるだけでも、不安はずいぶんと軽くなった。すでに大勢のグループが形成されている中に堂々と入っていけるまでの自信と積極性は、オレにはなかったのだ。

入部一日目。広いグラウンドの隅のほう、部室がある建物の近くに二十人ほどの人数は集められた。新入部員たちは監督がくるまでの間、自分たちで自主練習ということになった。

近々、県内の強豪校との練習試合があるということで、監督は上級生たちの指導に付きっきりになっている。そのため、オレたち新入部員はとりあえず自主練習、という指示を受けていた。

自主練習中は皆、誰と話すこともなく、それぞれリフティングに興じていたり、時間を持て余したようにいつまでもストレッチ体操をしたりしていた。一部では、すでにグループが形成されてはいるが、それは三人ほどの小さな集まりだった。

オレは、ストレッチ体操をいつまでもやっている一人に声をかけてみようかと思った。だが、入部一日目という皆それぞれ所在なげにそこにいる環境において、さも元々仲がよかった友達のように積極的に話しかけると、なんだかウザイと思われないだろうか。そんなことを考え、とりあえず一日目はオレも所在なげなヤツになり、一人でリフティングに興じていることにした。

そんな時間が二十分ほど過ぎたころ、監督の岡本先生がきて今日の練習メニューを伝えていった。とりあえず体を慣らす、といった程度の内容だった。そして傍に偶然いたヤツに「じゃあ、お前がとりあえずリーダーになれ」と言ってこの場を任せた。そして言った。

「明日、上級生たちの前で自己紹介をやってもらう。そのとき一発芸もやってもらうから、考えておくように。以上」

サラっと発せられたこの言葉にオレたちは「はい」と返事をしつつも、一発芸？　なんで？という心境がそのまま顔に出ていた。

新入部員たちのそんな顔を一瞥すると、監督は上級生たちの指導に戻っていった。

「マジかよ」

「そういうの苦手なんだけど」

「嫌だなー」

あの三人グループは口々に言っている。だよな、オレもそういうの苦手なんだよ。

プレッシャーに強くさせる。それが監督の意図だろう。しかしそれは試合という舞台を何度か経験することによって、精神面が鍛えられ、自然と身についていくはずだ。一発芸という方法で強制的に身につけさせるものではないと思う。しかし、日頃は竹刀を持って校内を歩き回っていそうな体格のいい五十代のオジサンに、しかも入部一日目の部員が意見できるはずもない。

オレは、将来一発芸を披露するような場面になったとき、これをやろうと考えているものがあった。しかし、まさかこんなに早くそのときが訪れるとは…。明日のこの時間まで、オレは自身を押しつぶしそうなプレッシャーと闘うことになるのだろう、そう思った。

案の定、今までに経験したことのなかった強く、そして重いプレッシャーは練習中も、家に帰っても、そして当日授業を受けているときも、ずっと続いていた。

丸一日心の中で静かに闘い続け、そして、ついにその時間は訪れた。

今日という日がこなければよかったのに。今日台風が直撃して学校が休みになればよかったのに。こんなことを思っているのはオレだけではないはずだ。

しかしそんな思いとは裏腹に、練習をはじめる前、昨日オレたちが集まった場所に部員全員が集められると、さっそく自己紹介プラス一発芸がはじまった。

苗字の五十音順で進めていくことになったため、渡辺という苗字のオレはトップバッターという大役だけは免れた。

「まずは、安倍」

監督に呼ばれ、「はい」と返事をして集団の前に立った。名前と出身中学を言うと、かつて地元の体操クラブに入っていたというそいつは、それを活かして連続バック転を披露した。おお、という歓声が上がった。いきなりハードル上げたな、こいつ。

二人目はいったいどんな才能を披露するのだろう。

オレがやろうとしている芸はものまね。連続バック転のインパクトで、すっかり自信をなくしてしまった。それゆえ、二人目以降はたいしたことのない芸を披露してくれ、などと祈るような気持ちで見守っていた。

その二人目は何を思ったのか、出身中学の校歌を歌い出した。

喉に自信があるのか、歌声は相当なものだ。しかしなぜ、歌のチョイスが中学校の校歌なのか。そのセンスが影響し、観衆の反応は微妙なものだった。

三人目、四人目……。サッカー部らしく、リフティングを披露するヤツが多かった。しかし強豪校のひとつであるこの高校のサッカー部において、人並みのリフティングに歓声が沸くことはなかった。辛辣な言い方だが、上がっていたハードルをどんどん下げていってくれた。

ここまでで、ものまねを披露するヤツはいない。よし、このままいってくれ。

……十六人目、十七人目、そして順番としてはオレのひとり前だろう。

「じゃあ、次は吉田」

「はい」と返事をして前に立つと、名前と出身中学を言って、

「ものまねやります！」

やられた、と思った。しかし「コマネチ」や「ちょっとだけよ」など、それをやっている本人でないとインパクトがないものばかりを披露する。一部で笑いもこぼれたが、本心からの笑いではないようだ。

次は、いよいよオレの番だろう。

「じゃあ、次。渡辺」

「はい」と返事をして五十人近い集団の前に立った。すると、この場所には百個近くにも及ぶ目が向けられていることに改めて気付く。

集団の前に立って緊張したとき、それを克服するために、その集団のひとりひとりを皆ジャガイモだと思え、なんて言葉をどこかで聞いたことがある。だからオレはその言葉どおりに、五十個近くのジャガイモを自らの視界に浮かべようとした。

ムリだ。人は人。どう自分に言い聞かせようと、人はジャガイモという作物には成り得ない。

しかし、いざ集団の前に立っていると案外ふっ切れた。

もう逃げ場はない。もうやるしかない。そんな、この場に対しての覚悟みたいなものが自然と湧き出てくるのだろう。

「渡辺雄大《わたなべたけひろ》です。一生懸命がんばりますので、よろしくお願いします。では、ものまねやります」

あるお笑いトリオのリーダー格の人が、テレビでやっていたことを真似たもの。それゆえ、その番組を見ていたヤツがこの中にもいて、先を越されたらどうしようと気が気ではなかったのだ。

お腹の力を抜いて、息を吐くようにして喋ると、ある俳優の声になる。困ったような顔をしながら喋る、というのもポイントだ。

おお、という歓声と笑いがオレに向かって飛んできた。監督の顔をちらりと見ると、他の生徒のように笑ってはいないが、どこか満足そうな顔をしていた。

このときようやく、心に抱えていたプレッシャーを克服することができた。こういうことだったのか、オレたちに一発芸をやらせた理由は。

座っていた場所に戻ったとき、隣にいたヤツが声をかけてきた。

「俺がやろうとしてたこと、やっちゃうなよ」

そう言って、にこやかな顔をこちらに向けている。

オレはそいつを見て思った。そいつの真意はさておき、もう少しオレの心に余裕があったら、先を越されてしまったという状況でもないのに、ただただ冗談で同じことを言うと思う。自分の微妙なギャグセンスはよく知っている。だからだ。

でも、オレとこいつ、結構気が合ったりして。

こういう、ふと思ったことが人生において功を奏することは多い。オレにとって、特に今回は。

そいつの順番はオレの次。そして、トリを勤めることにもなった。

「じゃあ、最後に和田」

「はい」

と返事をすると、本当にオレと同じことをしようとしていたのか定かではないが、リフティングを披露したヤツに「ちょっとボール貸して」と言ってサッカーボールを借りた。そして、そのボールを片手に集団の前に立った。

「和田《わだ》辰哉《たつや》です。よろしくご指導お願いします。ええと、リフティングやります」

そう言うと、そいつはリフティングをはじめた。出身校を言い忘れたのはそいつの言動からしてまさかとは思うが、緊張からか。

もう見飽きた感のあるリフティング披露。しかしそいつのリフティングは、オレを含めた観衆のみならず、監督の口からも歓声を上げさせた。

小柄な自分の頭上はるか上に蹴り上げたボールを、体のうしろで九十度に曲げた右足のふくらはぎで受け止める。そして、そのまま上に高くボールを放り、体の前で九十度に曲げた左足の太腿で受け止める。

リフティングというか、まるでサーカスのようなボール捌きは一分ほど続いた。

「すごいな、和田」

監督が感心したように声をかける。

「ああ、どうも」

和田は照れくさそうに笑いながら、自分の座っていたところに戻ってきた。順番がオレの前じゃなくてよかった、と心から思った。結果としては好感触だったものまねも、この演技のあとだとやりづらい。

和田を見ると、借りていたサッカーボールはまだ手にしたままだ。しかし少しして、

「あ、ごめん、借りたままだった」

そう言って、借りた相手にボールを返していた。やっぱり緊張してたのか。

全員の自己紹介プラス一発芸が終わり、少しの休憩時間のあと、さっそく今日の練習がはじまった。

この日、オレたち一年生には少し軽めの練習メニューをこなさせたのみで、五時過ぎには練

習が終わった。

「明日から、一年生にも朝練に参加してもらう。七時半にはこの場所に集合しているように。以上」

「はい」というオレたちの返事を聞くと、監督は今日も、上級生たちの指導へ戻っていった。

部室のロッカーは苗字の五十音順で並べられていた。そのため、オレと和田のロッカーは隣同士で並んでいる。自己紹介のときに偶然隣り合って座っていた縁もあり、オレは着替えをしながら、同じく隣で着替えをしている和田に声をかけた。

「帰る方向、同じだったら一緒に帰ろうよ」

ここまで言ったとき、そのあとに続けようとしていた、「家、どこ?」とオレが言う前に和田は、顔の前で右手を縦にして、ごめんのポーズをとる。

「悪い、図書委員に選ばれちゃってさ。これから、やらなきゃいけないことがあるんだ。だから、ごめん。」

そう言って素早く着替えを終えると、急いで部室を出ていってしまった。そういえば昨日も、部活が終わると急ぐように着替えをしていたっけ。

オレも中学で図書委員をやっていたことがあるから知っているが、定期的に、とてつもなく忙しくなる日がある。それは、本の在庫確認と新たな所蔵書の選定という作業があるときで、これがかなり骨の折れる仕事だ。本の貸出カードの確認とあわせて、一時間や二時間の作業ではない。日数も二日がかりのものだ。

この地域独特の慣わしらしいが、半年に一回ほど行われるこの作業は、図書委員の生徒が行うことになっている。部活に所属している生徒は部活動終了後にその作業に合流し、そしてそのまま、夜の七時過ぎまで校内に拘束されるのだ。

昨日、本を借りている人は放課後までに返しておくように、と担任の先生が言っていた。そのため、経験があったオレはあの作業が昨日から行われていることは知っていた。

和田も大変な仕事任されちゃったんだな。まあ、頑張れ。

心に乗っかっていたプレッシャーもすっかりなくなり、オレは気持ちのいい開放感に浸りながら、一人でバスに乗って駅前に向かった。

オレは毎日、路面電車とバスを使って学校に通っている。

朝、家を出て路地を数分歩き、幅としては四車線ほどの広さの通りに出る。この通りは市電通りと呼ばれていて、道路の中央に路面電車が走っている。その市電通りを西に向かって数分歩いていくと大きな交差点があり、その交差点を渡ってすぐに九十度向きをかえ、もう一度その交差点を渡る途中に小さな電停がある。

そしてこの電停から路面電車に乗り、坂道を下って、豊山駅へ行く。そして駅前にあるターミナルでバスに乗り継いで学校へ向かう。

豊山駅にはＪＲをはじめ、私鉄、バス、そして路面電車が乗り入れており、また新幹線も停るそこそこ大きな駅だ。だからといってこの豊山市が都会というわけではない。新幹線に関して言えば、一日に数本の「ひかり」が停るほかは「こだま」が概ね三十分おきに発着するのみという、あくまで地方の町にある駅だ。しかしいずれにしても、この地域における移動の結節点となっている豊山市最大の駅だ。

通勤のサラリーマンをはじめ通学の高校生の多くも、毎朝いずれかの交通手段でこの駅に来て、いずれかの交通手段で目的地へと向かう。そして夕方、いずれかの交通手段でこの駅に戻ってきて、いずれかの交通手段で自宅へと帰っていく。それぞれが毎日同じ時間にこの駅へと集まってくる中、オレもその中の一人として、毎日この駅を使っていた。

明日からは朝練がはじまる。そのため、今までより一時間ほど早い電車に乗って学校に向かう必要があった。

そしてその朝練開始初日、オレは寝坊した。

しかし寝坊したといっても十分ほど。乗る電車が二本あとになるというだけの時間だ。

「起こしてって言ったじゃん」

「起こしたじゃない。なのに、あと五分、あと五分って言って布団から出てこないんだもの」

母さんは、お茶を湯呑みに注ぎながら少し呆れ気味に言った。

昨日（日付は今日）は、以前からどうしても見たいと思っていた、深夜に放送されたドキュメント番組を見ていた。

あまり表向きではない世界の真相に切り込む、といった内容だったので深夜に見るというのが重要だったのだ。録画しておいて日曜日の昼間に見る、というのではなんだか雰囲気が出ない。まあ、ただ単に気持ちの問題なのだが。

そんなこんなで、布団に入ったのは深夜一時前。少しくらい睡眠時間が減っても平気だ、とタカを括っていた自分が少し憎たらしい。

ご飯の入った茶碗の上でふりかけの袋を適当に振って、のりとたまごの味をつけたそのご飯を口に入れたあと、味噌汁とお茶で胃袋の中へと流し込む。その水流の中にときおり、鮭の塩焼きの一部や胡瓜の漬物も混ぜる。

「ちゃんと噛んで食べなさい」

母さんがそう言ったあと、オレの隣に座っている小学生の弟が母さんの口調を真似て同じことを言ってくる。

「ちゃんとかんで食べなさい」

オレは、味噌汁やらお茶やらで湿らせたご飯を口の中にいれたまま弟に言う。

「うるへーな、時間がないんだよ。あ、」

口に詰め込んでいたモノの中から、味噌汁に入っていた豆腐がオレの口から飛び出し、弟の、アニメキャラクターがプリントされている湯呑みの中に見事ホールインワンした。

「きたないー」

嫌がる素振りを見せながらそう言いつつも、弟は笑っていた。

母さんはオレにスプーンを差し出す。

「汚いことして、ちゃんと取りなさい」

しかしそう言いつつも、湯呑みの中にホールインワンした豆腐が可笑しく、それを見て笑い出した。弟もそれにつられてもう一回笑い、オレもつられて笑った。

家族が、この三人だけになってからは、毎日が楽しくなった。


朝食をたいらげ、家を出て小走りで電停に向かう。

まあ、乗る電車が二本あとになったからといって、朝練がはじまる時間に間に合わなくなるということはない。今日も決められた時間の三十分ぐらい前には、学校に着いているつもりでいたからだ。

時間に余裕を持って行動するということを、小さい頃から母さんに口うるさく言われていたオレ。こういうところで、親の教育というものが生活の助けになってくるのだ。

電停で電車を待っていると、右の肩にうしろから手が乗った。振り返ると、うしろにいたのはサッカー部の和田だった。

「渡辺じゃん。家、この近くなの？」

「和田ぁ。えっ、家この辺なの？」

あまりの驚きで、つい、質問に質問で返してしまった。

「そう。この通りの西」

「ああ、そういうことか。オレ、この通りの東」

オレも和田も、目の前を横切る道路を見ながら言う。

この電停の横にある交差点の、直角に交わる二本の道路のうち南北に走る道路。その東と西で、小中学校共に学区が分けられている。そのために、家が近くてもいままでに顔を合わせることがなかったのだ。

「昨日のリフティングすごかったよ。中学のときもサッカーやってたんだ」

「そう。小学校からずっとサッカー一筋。でもその代わり、他のスポーツはあまり得意じゃないけどね」

あの見事なボール捌きを謙遜するように和田は言った。

「オレは中学のときは水泳部だったんだ。サッカーは小学校のときにやってた。ポジションはトップだったんだけど、とにかく相手の陣地に一人で突っ込んでくって感じだったかな」

「へえ、じゃあ攻撃的サッカーってやつだ」

「そう言うと聞こえはいいんだけどね。ただ単に、無鉄砲ってだけだよ」

ははは、と笑うと、和田はなにかを思い出したような顔をした。

「そういえばさ、攻めのタケヒロって呼ばれてなかった？　小学校のとき」

「攻めのタケヒロ？　いや、そんな呼ばれ方はしてなかったよ」

和田は、オレが通っていた小学校の名前を確認してきた。

「間違いない、攻めのタケヒロだ」

当時、通っていた学校でサッカーをやっていたタケヒロという名前の少年はオレしかいない。

「そんな格好いい異名で呼ばれてたんだ、オレって」

走ってきた電車が目の前でゆっくりと停った。運転手に定期券を見せ、電車に乗り込む。車内にはまだ空席が多かった。オレたちは車内の前のほう、適当な場所に腰をかけ、会話の続きをする。

「攻めのタケヒロじゃないってことは、学校の中だとなんて呼ばれてたの？」

「いや何も。異名でなんか呼ばれてなかったよ。そういう異名があったってこと自体驚きだし」

「ふーん、意外だな。渡辺の学校の試合、何度か見たことあるんだけど、あのデカイ体で突進してく姿見て正直羨ましかったんだ。俺、当時も体が大きいほうじゃなかったんだけど、もしそのときの渡辺みたいに体格が良ければ、俺ももっと活躍できてたのになって」

感傷に浸っているふうではないが、なにかしらのフォローは必要だろう。ちょうどそのとき、オレたちを乗せた電車が坂道を下りはじめた。

この辺りの線路敷は昔のままの石畳が残っており、線路も真っすぐなように見えて、微妙に、真っすぐではないようだ。

そのため、電車は心地よく、揺れる。

「でもさ、昨日のリフティングみたいな技術、持ってたんでしょ？　それでカバーできてたでしょ」

「まあね、ずっとレギュラーではあったし」

「でしょ？　だいたいオレ、当時体はデカくても技術的なものは微妙だったよ。で、子供のときデカかったヤツってほとんどそうなんだけど、年齢を重ねるごとに周りに身長をどんどん抜かれてくんだ。で、オレも例外なく、いつの間にか身長順の並びで真ん中辺りにいてね」

頷きながら聞いている和田を見てオレは続ける。

「だから、周りのヤツがどんどん大きくなってってたとき、もうあのプレースタイルは通用しないなって思った。だからメチャメチャ練習して、技術上げて、なんとかトップというポジションに留まってたんだ」

「そういえばそうだったね。周りが大きくなってってって、攻めのタケヒロもその中に埋もれはじめたっていうか。そんなときがあったよね」

「そう。だから、大切なのは技術だよ」

「そうだよね、体格云々の話じゃないよね」

心地よい揺れはなぜだか、人の心をかき混ぜ、ほどよく仕上げてくれる。

坂道を下りきってから二つ目の電停で、女子高生が三人、楽しそうに話をしながら電車に乗り込んできた。車内は少し、賑やかになった。

オレはふと、あることを思い出した。

「和田って、エースのタツヤって呼ばれてなかった？　隣の学校に凄いヤツがいるって話題になったことがあったんだけど」

「ああ、あったね。そんな呼ばれ方」

和田は、少し照れくさそうに言った。

「なんだ、オレより和田のほうが凄いじゃん。エースだなんて呼ばれ方、なかなかされないよ」

オレはいたずらっぽく言う。

「でも、その呼ばれ方も小学生までだったよ」

オレの言葉に笑いながらも、意味深な謙遜をした。

勝手な想像だが、彼が抱えているコンプレックスに原因がありそうだ。

「そうなんだ」

かき混ぜられ、折角ほどよく仕上げられていた二人の心を濁さないように、オレは話題を変えた。

「同じクラスに、サッカー部員っている？」

「ああ。最初から仲のいい三人、知ってるよね」

「はいはい、あの三人グループ。じゃあ、あの三人とクラス一緒なんだ」

「そう。でも、なんだか話しかけづらくてね。すでにグループができてる中に堂々と入っていけるほどの自信がないというか…」

「そこまでの積極性はないというか」

和田が言おうとしたことは分かった。だって、オレも同じことを考えていたから。

「やっぱそうだよね。あの輪の中に入っていくのって、けっこう勇気いるよね」

やっぱり一緒なんだ、和田も。

少し微妙になりかけていた空気は、電車の開け放たれた窓からきれいさっぱり出ていったようだ。

「あの三人、ずっと幼馴染みらしいよ」

「てことは、同じ中学から来たんだ」

「来たんだ、って。自己紹介で言ってたじゃん、三人とも同じ中学の名前を」

「そうだったっけ、全然聞いてなかった。だってオレ、あのときすんごいプレッシャー感じてたもん。人の出身中学聞いてる余裕なんてなんにもなかったよ」

「マジで？　そんなにメチャメチャ感じてたんだ、プレッシャー」

「てか、和田も出身校言い忘れてたじゃん」

「そうだっけ。ちなみに渡辺も飛ばしてたよ、出身校」

「そうだっけ？」

楽しそうに話を続けるオレと和田を乗せた電車は、途中の電停で五、六人ほどの乗客を乗せ、十分ほどで豊山駅の駅前に着いた。

ここからバスに乗り換えて約二十分。学校に着いたのは七時二十分より少し前だった。

部室で着替えをして、昨日自己紹介プラス一発芸をやった場所に部員全員が集まったあと、ほどなくして監督がきた。

「おはよう」

「おはようございます」

部員たちが返した挨拶を聞くと、監督は一年生が集まっている辺りを見た。

「どうだった、昨日の一発芸。相当なプレッシャーを感じたと思うが、スポーツをやっていく以上、これからもプレッシャーを感じる場面は多くあると思う。だから、昨日勝ち得たものは決して無駄にはならない。これから経験していく多くのことをひとつひとつ、確実に自分のものにしていくように」

「はい」というオレたち一年生の返事を聞いたあと、監督は表情を緩めた。

オレはこのとき、監督が表情筋を弛緩させたのをはじめて見た。それは、日頃あまり笑顔を見せない人特有の、少し無理があるような笑い方でもあった。

「和田、昨日のおまえのリフティングは見事なものだった。もう何年も続いてる一発芸披露の中で、いちばんの歓声だったぞ」

集まる視線に和田は、照れくさそうに頭を軽く下げていた。

「渡辺、おまえのものまねは、今までの中でいちばん面白かった。先生も、充分に楽しませてもらった」

監督の不意討ちには驚いたが、その言葉のあとに軽く笑いが起きる中で、オレは照れながら、後頭部の辺りを右手の薬指で掻いていた。


この日からオレたち一年生も、上級生たちと同じ練習を行うようになった。

放課後の練習が終わったのは七時近く。しかし練習試合が近い上級生たちは、この練習が終わったあとに実践形式の練習をはじめる。

オレと和田は監督に頼んで、その実践練習を見させてもらった。

レベルが違った。県大会優勝に毎回手の届きそうなところにまで登り詰めているこの高校のサッカー部。その実践練習は、和田が想像していたものより更に、オレが想像していたものよりはるかに、ハイレベルなものだった。

もちろん、覚悟はしていた。この高校のサッカー部に入るからには、チーム全員で優勝を目指すという統一された空気の中に自らを投じることになる。だから、半端な気持ちでは練習についていくことなどできない。

そんなこと分かってた。充分覚悟もできていた。しかし、せめてもっと練習を積んで、オレたち二人が精神的にも肉体的にも強くなってから、それを見るべきだったと思った。

なんだか重たいものを背負いながら、オレたちはバスに乗って駅前へ向かった。

オレは部活に入部するまでは、クラスで仲良くなった友達と放課後に小一時間ほど喋ってから帰路についていた。そのため、登下校ルートが同じながら、帰りのバスや電車で一緒になることがなかった和田と、はじめて帰路を共にすることになった。その初日、二人の間にあったのは沈黙だった。他の乗客の楽しそうな会話が、沈黙という重い空気を紛らわせてくれたのは不幸中の幸いだった。

バスは二十分ほどで駅前に到着した。運転手に定期券を見せてバスを降りたオレたちは、バスターミナルを覆うペデストリアンデッキの上へ階段を使って上り、そして別の階段を下りて駅前電停に行く。

足取りが重かった。

かつてエースと呼ばれた和田も、かつて攻めのタケヒロと呼ばれていたらしいオレも、サッカーというものに対して自信があった。

しかし、そんな異名で呼ばれていたからといって、この高校のサッカー部のレベルにすぐに到達できるなどとは、オレも和田も勿論思ってはいなかった。だから、その自信はわずかな自信だったのだ。それゆえ、もしかしたら少しの衝撃で押しつぶされてしまうかもしれない。でもオレたちは、そのわずかな自信に、自らを賭けていたのだ。

坂の上へと向かう電車が到着し、オレたちは無言のまま乗り込んだ。二人並んで前のほうの座席に座ると、ほどなくして電車は動き出した。

向かい側の窓の外を、色とりどりのネオンの光が流れていく。二人、なにを言うわけでもなく、ただただ、窓の外を眺めていた。

車で渋滞する国道の中央をすり抜け、Y字路を左に入り、国道と別れる。すると窓の外に流れるものは、民家の明かりに変わった。

「見るタイミング、早かったかな」

和田がそう言ったのは、電車が坂道に差しかかる少し前。

「確かに」

二人とも互いの顔を見ず、向かい側の窓の外を見たまま。

「俺たち、やっていけるのかな」

「なんだか、自信なくなっちゃった」

電車は坂道を登りはじめる。心地よく揺れる電車の中で、オレたちの心は揺らされる。あの練習についていけるのか。あの厳しい練習に耐えられるのか。でも、オレたちならやっていける。多分……。

心地よい揺れ。しかし今は、真夏の暑い部屋で回す扇風機のようなもの。暑い空気をただだだ、かき回すだけ。不安と、まだかろうじて残っている自信は、いくら揺さぶられても混じり合ってはくれなかった。

家に帰って食事をしていると、ある有名なスポーツ選手がテレビの中で人生を語っていた。そういえば、今は海外で活躍している日本人選手がトーク番組に出る、と頻りに番宣をしていた。今日だったのか、その放送日。

『日本でトップクラスだった自分も、本場の国に行った途端、実力の違いを見せつけられました。心が折れそうになった。しかし同時に、目指すべきものが見えたんです』

目指すべきもの……。心が折れかかってたのに？

母さんが作っておいてくれた、肉じゃがをつつく箸の動きが止まる。

『トップではなくなったからこそ、上を見るようになりました。二位や三位、いやそれどころじゃない、もっと下にいる自分を、自らの力で、一位にまで押し上げたいと思いました。そのためには、努力あるのみ。才能があったって、磨かなければ意味がない。宝石だって、磨かなければただの石。光り輝くなんてことはできませんよね』

今のオレの実力に、まだ伸ばせる余地があるのだろうか。そもそもオレには、才能があるのだろうか。

風呂に浸かっているときも、布団に入ったときも、ずっと考えていた。しかし、答えは見つからなかった。

翌朝、家を出て電停に向かう。

オレが電停に着いてから、ほどなくして和田が来た。

「おはよう」

「うん」

おはようという言葉を気持ちよく発する心の余裕がないほど、オレは深く悩んでいた。和田の顔にも、いつものようなにこやかな表情はなかった。

二人は無言のまま、駅前に向かう電車に乗った。そしてオレたちが座席に座ると、電車はゆっくりと動き出した。

「昨日、サブローがトーク番組に出てたんだけど」

オレは、窓の外を見ながら言った。

「ああ、見たよ。番宣でしつこいぐらいに宣伝してたもんね。日頃バラエティとは無縁の人がついに出演、って」

窓の外を見ながら和田が言う。

「オレたちにも、できるのかな？　更に上を目指すってこと」

「目指せれるものなら、目指したいけどね、上」

電車は坂道を下りはじめる。

横長のベンチシートに隣り合って座っているオレと和田。心地よい揺れが、二人の体を軽くぶつけさせる。

互いの体が当たる、というのは日常生活の中ではまずないことだ。都会の通勤電車の中でなら、見知らぬ人と強制的に体をくっつけざるを得なくなるのだろうが、少なくとも、地方に暮らす者にとって体同士を接するということはまずない。

「努力あるのみ、って言ってたよね。」

「実力の違いを見せつけられたからこそ、目指すべきものが見えた、って」

電車は、心地よく、揺れ続ける。

「オレたちなら、できるかな」

「できるさ。だって、攻めのタケヒロと」

「エースのタツヤだもんな」

顔を見合わせ、二人は笑顔になる。

そして二人、拳を握り、静かに突き合わせた。

「ついてこいよ」

「そっちこそな」

どんなに心に残る言葉を聞いても、なかなか解決できないこともある。しかし、その言葉に対して共感し合える仲間がいることで、人は強くなれる。

相手の体と当たり続けることでその相手の存在に改めて気付かされ、そして、自分は一人じゃないと、改めて気付く。

この距離感、車や自転車では味わえない。この電車だからこその、距離感なのだ。

坂道を下りきってから二つ目の電停。昨日の女子高生たちが乗ってきた。車内は少し、賑やかになる。

「でもさ、タケヒロって、中学のときなんで水泳部に入ったの？」

「トップというポジションに、がむしゃらになってしがみついてたからね。少し息抜きがしたかったんだよ」

「ふーん。ていうことは、楽な道を選んだっていうこと？」

「うん。まあ、そういうことかな」

「でもさ、その考え方って、水泳という競技に対して失礼じゃないの？」

「そう思うだろ？　でも、オレが通ってた中学の水泳部、半分遊んでるってことで有名でね。夏はほとんど毎日、水中ドッチボールと水中鬼ごっこ」

「ははは、確かに遊んでるな」

「思惑通りに、思う存分息抜きしたよ」

今日も途中の電停で五、六人の乗客を乗せ、電車は十分ほどで駅前に着いた。

この駅から三十キロほど離れたところに、観光スポットとして有名な岬がある。そこに向かう路線バスに乗り換える。そして、そのバス路線のちょうど中間地点、駅から十五キロぐらいのところに、オレたちが通う高校はある。

この県全体、その中でも特にこの地域は異様に道路が発達しており、大した交通量でもないのに広い四車線道路が通っていたりする。そんな光景はこの地域の所々に見られるが、このバスが走るルートも、そんな道路のうちの一つだ。

街中を少し走ってからバスはその道路に入るのだが、この無駄に広いだけのように見える道路はそもそも、今乗っているバスの終点である岬から、湾を挟んだ対岸の町を結ぶ横断道路計画の一部として、かつて作られたものだ。

その対岸の町も観光を売りにしているのだが、レジャーの多様化に伴い、一時期ほどの活気はなくなってしまっている。それゆえ費用対効果が問題視され、計画として残ってはいるがもう十年以上工事は進んでいない。今では工事を進める気配すらなくなり、「めざそう、早期実現」と書かれた看板も雑草に埋もれかけていた。

この辺りは湾と海に挟まれた半島になっているのだが、その半島の所々に、この忘れ去られたような広い道路は存在するのだ。畑と、その中に点在する民家とビニールハウスと牛舎と豚舎。こんな風景の中を貫くこの道路に、信号は数える程しかない。

それに観光地に向かう路線らしく、急行バスとして走っているこのバスのおかげもあって、駅から高校までの十五キロの道のりを路線バスながら二十分ほどで走ってくれる。加えて、道路自体はけっこう綺麗に維持されているゆえ、バス特有の車体が揺らぐような揺れもない。

オレたち二人は、二人掛けの座席が並ぶ車内の後ろのほうで前後二列に分かれて座り、タツヤが後ろから身を乗り出すようにしてオレと喋っている。

車内には年配の夫婦が数組、乗っている。おそらく岬に行くのだろう。

しかし平日の朝、観光地に向かう路線バスが混むはずもなく、四十席ほどある座席のうち三十席ほどは空席のままだ。

乗客は、その年配の夫婦とオレたち、そして女子高生一人だけだった。

その女子高生は、電車でいつも乗り合わせる女子高生のうちの一人だ。同じ高校に通う女子だが、話しかけるタイミングもないし、そもそも話すこともないし。乗ってくる電停からするとタツヤと同じ中学の出身だろうけど、タツヤがその子に話しかける様子はなかった。それに、その子がタツヤに話しかける様子もなかった。

その子はソフトボール部に所属していて、身長順では多分前のほう。太ってはいないが、スポーツをやっているからか女子にしてはがっちりして見える体形をしていた。

ちなみに、オレと同じ中学の二人は部活には入らなかった。それに、朝礼開始時間ギリギリに登校してくるタイプだ。そのため、入学式の日以来一度も、電車やバスで乗り合わせたことはなかった。

2

「ただいまー。今日って鶏肉の日だよね」

ある日部活から帰ったオレは、台所に立つ母さんに向かって声を掛けた。

「そうよ、今日は金曜日だものね」

付け合せにするキャベツを刻みながら言う。

わが家では、毎週金曜日はこのメニューだというものがある。誰が決めたわけではないが、オレの好物であるこのメニューを、一週間お疲れさま的な感じで母さんが出してくれるようになったのがはじまりだ。それがここ数年続き、いつしか習慣となっていた。

そのメニューは、ニンニク醤油の風味を効かせた照り焼きチキンだ。

まず、ボウルに醤油を入れ、その中にニンニクを磨りつぶして入れる。そこに鶏肉を入れ、ニンニク醤油をじっくり染み込ませる。二時間ほど置いておいたあと、弱火から中火ぐらいの火力でフライパンで焼き上げる。これは、母さんの母親、つまりオレのおばあちゃんの代から伝わる料理だ。使う肉は決して高い肉ではない。スーパーの特売で売っている百グラム八十円とかの肉だ。しかしどんなに高級な料理でも、この味には敵うまい。

金曜日に限っては部活で帰りが遅くなっても、オレに出来立てを食べさせてあげようと、母さんも弟も気を遣ってオレに食事の時間を合わせてくれている。

「この匂いがまたいいんだよねー」

オレはそう言って、鶏肉を漬け込んでいるボウルから発せられる匂いを、鼻から大袈裟に吸い込んだ。

「焼く前の匂いも好きなわけ?」

「そう。これからあの美味そうな匂いに変わる予兆をも楽しんでるんだよ」

オレとしては結構真面目に言ったつもりだったのだが、母さんはこの言葉に一笑した。そして、続けた。

「雄大、あなた最近、いいことあった？」

三人分のキャベツを刻み終え、オレの顔を見て聞いてくる。

「いいこと？　なんで？　オレ、なんか変わった？」

「親をやってれば分かるのよ。子供の心の変化ってものが」

自分で意識してなにかを変えたわけでもないし、まったくいままで通りのはずだ。しかし、親は子供のことをしっかり見ている。その親が言うことなのだから、間違いではないはずだ。

「まあ、いい友達ができた、ってとこかな」

このことか。オレは自分で言いながら思った。

いい友人の存在は、心の大きな支えになる。すでに実感していることであったし、同時にそれは、心に大きな余裕を与えることになる。そんな心の変化に、母さんは気付いたのだろう。

「そうなの、よかったわね。どこから来てる子？」

「うちのすぐ近くだよ。ただ、道路の西だけどね」

小中学校の学区を分けている、あの南北に走る道路。この辺りの人は、この言い方で通じるのだ。

「それだったら会うことはなかっただろうね。で、名前はなんていうの？」

この質問に大した意味はないだろう。いわゆる興味本位ってやつだ。しかし、オレが母さんの立場だったら同じ質問をすると思う。

「タツヤっていうんだ。和田辰哉。いいヤツだよ」

「そうなんだ。仲良くしなきゃね」

すでに仲良くしてるし、これからも仲良くするさ。それに毎日一緒に学校に行って、毎日一緒に帰ってきてるんだから。だから、そんなこと言われなくてもわかってるって。


オレたちは地道に練習を続けた。昨日より今日の、今日より明日の自分のほうが技術が上だ。そう自信を持って言える日々にしていった。隔週休みの土曜日も、家の近くにある市民グラウンドに行って、タツヤと二人で練習していた。朝からはじめて、お昼は家に帰って、午後からまたはじめて、そして夕方まで。

そんな努力の甲斐もあってか、三年生が引退したあと、オレとタツヤは一年生ながらフォワードを任された。

しかしはじめての練習試合で、負けた。

敗因は分かっている。プレッシャーに負けてしまったのだ。一発芸のときよりもはるかに重くのしかかってきたプレッシャーに、オレとタツヤは耐えられなかったのだ。

控えのメンバーが行う、試合後のグラウンド整備。せめてもの罪滅ぼしにと、オレとタツヤはそれを手伝ってから部室に向かった。

開け放たれた扉からは、いつものような喋り声は漏れていなかった。先輩たちはすでに着替えて帰る準備をしていたが、全員、無言だった。

「ここで言っておかないとマズイよな」

オレはタツヤに小声で言った。

「ああ。この空気の中に平然と入っていったら確実にヤバそうだし」

そう小声で返したタツヤと、オレは部室の前で並んだ。そして「すいませんでした」と言って、部室の中に向かって頭を下げた。

「気にするな」

「誰でも最初はこんなもんだよ」

「よく頑張ったよ、お前ら」

先輩たちはそれぞれ、思い思いの言葉をかけてくれた。

「まあ、更に上を目指せ、少年たちよ」

そんなふうに、冗談めかして言ってくれる先輩もいた。

普通に嬉しかった。もしかしたら怒られるんじゃないかと思っていたオレたちは、それらの言葉を聞いてへこまずに済んだ。そして、明日からまた練習を積み重ねていこうと、心の底から思うことができた。

帰り支度を済ませた先輩たちはいつもと同じように、それぞれ何人かのグループに分かれて帰っていった。

オレたちが自分のロッカーの前で着替えをしていると、キーパーをやっている二年生の先輩が帰り際に声を掛けてきた。

「変に気にすんな、誰もが通る道だからな。お前ら二人が感じてる責任の重さを全員分かってるんだ。だから誰も、お前らを責めたりはしない。ただ、ここが勝負どころだぞ。分かってるな」

オレたちはその言葉を噛み締め、それぞれ返事をした。そしてその先輩は、オレとタツヤの肩を軽く叩くと、自転車に乗って帰っていった。

サッカー部の中で隣の豊山市から通っているのは、オレとタツヤ二人だけ。遠く西部地区の出身者は学校に隣接して建っている寮住まいで、地元から通っている人は自転車通学なので、バス停でバスを待っているのはオレたち二人だけだった。

「プレッシャーって、あんなに重いものだったんだな」

「ああ。まだまだだな、俺たち」

しかし、悩んでいる暇などない。悩んでいる時間がもったいない。そんな時間があるんだったら練習すればいい。悩んでいる時間を練習する時間に変えれば、悩みごとなど、なくなるんだから。

オレとタツヤは、もうそんなことは分かっていた。

「明日からまた練習の日々だな」

「ああ。気合い入れてやってこうな」

「おう」

やる気は充分だ。しかし、オレたちのせいで負けてしまったのは事実。いつものように楽しそうに会話をする気にもなれず、一月の寒空の下、バス停のベンチに座り、言葉少なにバスを待っていた。

この高校は、かつてはこの田代市の中心部、市役所の近くにあった。しかし生徒数が増え、校舎とグラウンドが手狭になったということで、十年ほど前にこの場所に移ってきたのだ。

元の場所から直線距離にして十キロ弱。しかし元々郊外の小さな市なので、中心部を外れ十キロもいくと風景は一変する。

例の放置状態の四車線道路沿いにあるのだが、それゆえ周りにあるのは、畑と、そこに点在する民家とビニールハウス、それに、この場所から百メートルほど離れたところにある牛舎だけだ。

その牛舎から、ときおり牛の鳴き声が聞こえてくる。

「のどかだよな」

タツヤが、その鳴き声がしたほうを見ながら言う。

「牛の鳴き声聞いたのなんて、小学校の社会科見学以来だったよ」

オレも牛舎を見ながら言った。

「その社会科見学ってもしかして、佐々木さんのところ？」

そう言って、タツヤがオレを見る。

「そうだけど、タツヤも知ってるんだ。佐々木さんのこと」

オレもタツヤを見る。

通っていた小学校から三キロほど東に行った、平地と山の境目辺り。路面電車の終点近くにあった畜産農家、佐々木さん。

やっぱりタツヤの学校も行ったんだ、佐々木さんのところ。

「小学校四年生のときだったかな、俺の学校も路面電車に乗って行ったよ。ダジャレ好きなおじいさんだったよな」

「そうそう。牛の乳搾り体験をやる前に手本見せてくれたんだけどさ」

オレは牛の乳を握る格好をして、声をガラガラ声にして言う。

「まず、この牛さんの乳をギュウッと掴む。ギュウ、っとね」

「そうそう。俺らも爆笑してたもん、あのとき。で、子供らが実際やってみて、うまく乳が出ると、」

声をそのおじいさんに似せて、

「うし。その調子、その調子」

「ははは。オレらもバカウケしてたな」

やっと、いつもの雰囲気に戻ることができた。

でも、終点近くに「あった」農家。ダジャレ好きなおじいさん「だった」。今となっては過去形だ。

六年生になったとき、ある日担任の先生が言った。

「君たちが四年生のときにお世話になった農家の佐々木さんなんだけど、農業をやめてしまうとのことでした。そこで、みんなでお礼の手紙を佐々木さんに書きましょう。宛名は、佐々木さんの奥さんにしておいてください」

佐々木さんではなく、佐々木さんの奥さん。子供ながらに分かった。佐々木さんは亡くなってしまったのだと。もう、相当なおじいさんだったから。タツヤも、なんらかの形でそれを知っていたのだろう。

でも、佐々木さんの存在はいい思い出だ。こうやって笑い話になるんだから。ありふれた言い方だけど、佐々木さんもきっと、天国で喜んでると思う。

バスが来るまで、あと数分。

「駅前の本屋の横に、新しくできたの知ってる？」

タツヤは、大手のファーストフードショップの名前を言う。

「ああ、知ってる。確か、オープン記念ってことで、ビッグバーガーセットをサービス価格で売ってるね」

「せっかくだから、帰りに寄ってこうぜ。腹も減ってるし」

「そうだな。じゃあ、行こうか」

土曜日のお昼前。混んでいるかも知れないけれど、腹を満たすにはもってこいだった。

我が家では、土日や学校が休みの日のお昼ご飯はオレと弟が交代で作っている。今日は、本来オレが作る番になっていたので、弟のケータイに電話しておくことにした。

数回の呼び出し音のあと、通話ボタンが押された。今日も友達の家でテレビゲームをやっていたようで、電話の向こうでは、子供たちの声とテレビゲームの音が飛び交っている。

「もしもし。兄ちゃん？」

「うん。ごめんケンタ、今日のお昼なんだけど、ケンタが自分で作ってくれないかな。兄ちゃん、友達と外で食べてくることになっちゃってさ」

「そうなんだ、別にいいよ。じゃあ、今日もチャーハン作ろっと」

弟のケンタは、母さん似で料理の才能があるらしい。前に作ってくれたチャーハンは小学生が作ったとは思えないほどの味だった。オレが褒めると、自分が料理担当の日はチャーハンを作る気まんまんになった。

「コンロの火、気をつけろよ。あと、やけどしないようにな」

「うん、わかってる」

「あと、コンロ使い終わったらガスの元栓、ちゃんと閉めとくようにな」

「うん」

「あと、家に入るとき、鍵隠してある場所、周りの人に見られないようにな」

オレが母さんに似たのは、この心配性。

「わかってるって。もう、しつこいー」

笑いながら、「じゃあな」と言って電話を切った。

隣でオレの話を聞いていたタツヤ。

「なんか悪かったな、無理に誘っちゃったみたいで」

「いいって。オレの弟、けっこうしっかりしてるから」

「そうなんだ。ところで、親は共働き？」

「母さんが、弁当屋で仕事してる」

「そうなんだ。俺の母さんも、街中の会社で事務やってるよ」

そのとき、二人の会話を中断させるかのように、バスがオレたちの前で停った。

車内に乗り込むと、さすが休日の観光路線。座席はほぼ埋まっている。乗客の中の一人に、テレビで活躍している美人女優にそっくりの人がいた。オレとタツヤはその人を見つけるなり、その女優の話題で盛り上がった。

駅前のファーストフードショップに着くと、やはり［ビッグバーガーセット今なら半額！］というアピールの効果は絶大だったらしく、レジの前にはちょっとした列ができていた。五分ほど順番待ちをしてからビッグバーガーセットを注文し、すぐに出されたそれを受け取ると、階段を上がった二階にあるイートインコーナーで二人、少し早めの昼食をとった。

バスの中での女優の話は今、女つながりというだけで好きなグラビアアイドルの話になっていた。グラドルの話を肴にしてハンバーガーにかぶりつく。若い今しかできない（したらいけない気がする）楽しみのひとつだ。

母さんはパートではなく正社員だ。弁当屋チェーンの一店舗を任されおり、その店舗の運営、調理、そして販売に至るまで、人手不足を補いながら、定休日の火曜日以外は毎日働いている。

だが、家庭の事情を鑑みて、夕方過ぎには家に帰ってくる。そして、オレと弟の食事を作り、翌日九時の出勤までは普通の主婦になる。

「お客さんの接客してると、けっこう楽しいもんだよ」

時々口にするその言葉を、本当に楽しそうに言う。

元々人と話すことが好きな母さんだが、栄養士の資格を持っており、更には野菜ソムリエの資格も趣味で取るほどの料理好きであることも相まって、弁当屋の仕事を天職だと言っている。

それでも、一人で店の仕事のほとんどをこなすのは相当なストレスになるだろう。だから、日頃からオレと弟が家事を積極的に手伝っている。買い物、部屋の掃除機がけ、トイレ掃除に庭の草むしり。母さんが家にいる間はできる限り、くつろいでもらいたいと思っている。

洗濯機を回すのは母さんの仕事だ。朝、出勤前に洗濯をして、それを干しておいてくれる。

ある日、オレが体育の授業で使う体操シャツと短パンに関しては、事情が少々異なることとなった。

日曜日、オレは部屋で勉強をしていた。

「ごめん雄大、ちょっと頼まれて」

そう言いながら、母さんが部屋に入ってきた。

「どうしたの？」

「今、お店で朝の仕込みやってもらってる伊藤さんから電話があって、親戚でご不幸があったらしいの。でね、私が代わりにその仕事やらなきゃいけないから、もうお店に行かなくちゃいけないの。だから、洗濯物はもう洗っておいたから干しておいてほしいんだ」

「うん、分かった。やっとくよ」

「じゃあごめん、おねがいね」

そう言って母さんはいつもより早い八時過ぎに自転車で店に向かった。

オレは言われた通り、二階のベランダに洗濯物を干しておいた。そして夕方になってそれらを取り込もうとしたときだった。バスタオル数枚と、あとオレの体操着の上下がなくなっていることに気付いた。

勿論男の体操着を盗む物好きなどいないだろう。理由はすぐに分かった。それらを吊るしておいた洗濯ハンガーのピンチの部分が、何個か根元から割れてなくなっていたのだ。三個ある洗濯ハンガーのうち、もっとも長く使っていたそれは、紫外線によるプラスチックの劣化が進んでいたためにハンカチや靴下などの軽いもの専用だったようだ。

オレはそんなことを知らずに、洗濯物としては比較的重量があるものを劣化が進んだそれに吊るしてしまったために、この地域特有の冬の強風に煽られてピンチごとどこかへ飛んでいってしまったのだ。

体操着の上下は二組あったため、今度の土曜日、日中の営業時間内に学校の近くのスポーツ用品店でもう一組を買ってくるまでは、今ある残りの一組で回さないといけなくなった。このため体育の授業が二日連続であるときは、一日目はその日のうちに洗濯をして夜干しておく必要がある。今の時期、空気が乾燥していて乾きが早いから、朝には乾いているはずだ。

この計画を実施する一日目となるのは、翌日の月曜日だった。

部活から帰ってきて、体操着の上下を洗濯機に入れた。しかしそこで、電話が鳴った。そのとき、母さんは台所で洗い物をしていた。

「ごめーん、雄大か健太ー、電話出てー」

「ぼく今ゲーム中。兄ちゃん出てー」

ケンタは部屋でテレビゲームをしていた。

オレが電話に出ると、受話器の向こうの人は話好きな親戚の叔母さんだった。

やっと受話器を置くことができたのは三十分後。結局、洗濯機を回し忘れてしまっていた。

母さんに、この計画は話しておいた。月曜日と火曜日は二日連続で体育の授業があることも言ってある。だから、洗濯機の中にあった体操着に朝方になって気付いた母さんが、洗濯機を回してくれた。そして、エアコンの風が当たるところに干しておいてくれたのだが、三十分という時間は洗濯物が乾ききるには足らなすぎる時間だったようだ。

「今日も、体育の授業あるんだよね」

学校に行く準備をしているオレに母さんが言った。

「あるよ」と言ったオレに、母さんは体操着の上下を渡してきた。

「うわ、湿ってるじゃん」

「今朝、洗濯機いそいで回したんだよ」

その言葉で、昨日の夜、洗濯機のスイッチを入れ忘れたことを思い出した。

「あ、そうだ。洗濯機回し忘れてた」

母さんは、近所のスーパーのビニール袋を持ってきた。

「これに入れてくしかないよね。臭くなっちゃうかもしれないけど」

「まあ、しょうがないよ」と言って、オレはそのビニール袋を受け取って、まだ微妙に湿っている体操着の上下をその中に入れた。そしてその袋を、カバンの中へと入れた。

登校中は、湿気がこもってしまうのを少しでも和らげるために、袋の口を上に向け、カバンのファスナーを少し開けておいた。

体育の授業は三時限目。学校に着くと、カバンから袋を取り出して机の横のフックに引っ掛けておいた。カバンの中に入れたままだと、よけいに湿気がこもってしまうのは明らかだ。このときもしやと思い、袋の口に鼻を近づけてみた。すると、部屋干しをしたときのあの臭いがすでに若干漂っていた。

二時限目が終わって休み時間になった。オレたちは体育の授業に備えて教室で着替えをはじめる。幸いこの頃には、体操着の湿り気はほとんどなくなっていたが、臭いが最高潮に達しているのではないかと思うほどの状態になっていた。

部屋干しの臭いが漂う体操着を着ているヤツがいたとしたら、なにか相当な事情があってそうせざるを得なかったのだろう、とオレは考えると思う。だから、その辺の事情をくみ取って、なんか臭いぞお前、なんて言うことはないだろう。

しかし世の中には、その辺の事情を考えずに、思いのままの感情を口に出す人間が存在するものだ。だからオレは、言われる前に自分から言った。

「オレって、臭う？」

後ろの席のヤツに小声で聞いてみる。

そいつは怪訝そうな顔をしながらも、犬がそうするように、小刻みに鼻から息を吸い込む。

「別に。なんで？」

オレは、体操着のお腹の部分の生地を持って、そいつに向かってうちわのようにして煽いだ。

「臭っ」

教室中に聞こえるほどの声でそう言った。やっぱり。こいつはこうすると思った。

授業中にいつ言われるか内心ヒヤヒヤしているぐらいだったら、とっととこの事実を大っぴらにしてくれたほうが気は楽だ。思いのままの感情を口に出しそうな人間。それはおそらく、こいつのような人間だろうとオレは踏んでいた。

「お前、声でけえって。色々と事情があって、洗濯したけど乾ききってない服着てるんだよ」

教室中に聞こえるよう、声のボリュームを少し上げて言った。

「そうだったのか、悪い悪い」

これで、臭いを発する体操着を着ていても変に気にすることはなくなった。

その日、帰りのバスの中でタツヤに話した。体操着が湿ったままだったこと、そして、クラスメートの力を借りて、難を逃れたこと。

「それってさ、人を利用してるってことじゃないの？」

オレが座っている座席の背ずりの後ろから、タツヤの声が聞こえてくる。いつもと違い、座席のヘッドレストの近くからではなかった。

「そいつに手伝ってもらっただけじゃん」

「じゃあ、ちゃんと説明した？　こういうわけだから、協力してくれないかなって」

「いや、特にそんなことはしてないけどさ」

「そいつの立場、どうよ。タケヒロに性格を利用されるだけされてさ」

「別に、おまえの性格を利用させてもらったよ、なんて言ったわけじゃないから。そいつだって傷つくことなんかないだろ」

「そういうことじゃなくって、タケヒロの考え方が問題なんだよ。自分の保身のためなら人も利用する、みたいな考え方」

「保身のために利用するなんて考えてねえよ。だいたいあのときは、ああするしかなかったんだよ。いつまでも気にしてろっていうのか？　なんか臭うけど誰だ？　なんてコソコソ周りで言われるのを」

「だったらちゃんと説明すればよかっただろ、そいつに。悪いけど協力してくれないかなって」

オレもタツヤも、声は冷静だ。こういった公共の場で声を荒らげてしまうほど、非常識な人間ではない。

「そんなことをいちいち言う必要なんかないって。そいつだって傷ついたわけじゃないし、オレだって難を逃れることができた。誰もが傷つかずに済んだってことだろ」

バスは、道路灯に照らされた広い道を駅前に向かって一路に走る。窓の外を、ときおりその灯りが通り過ぎていく。

訪れたしばしの沈黙で、オレの耳に入ってくるのはバスのエンジン音だけになった。

「けっこう頑固だな、タケヒロって」

沈黙の中、独り言のようにタツヤは言った。


翌日、電停でオレとタツヤはいつものように楽しそうに会話をしていた。

あれだけ言えば、理解してくれただろう。言った側はそう信じる。そして、あそこまで言ってきたのは、それだけ相手が自分のことを思ってくれているということ。言われた側はそう信じる。相手を互いに信じ合うことで、信頼関係は築かれていく。その信頼関係で、この世の中は回っているのだ。

その日教室で、後ろの席のヤツに正直に話した。

「昨日のことなんだけどさ」

「昨日のこと?」

「体操着の臭い、嗅いでもらったじゃん」

「はいはい。でも、ほんと悪かったな、思わず大きな声出しちゃって」

「実はさ、お前がああやって大声出すと思って、わざと臭いを嗅いでもらったんだ。ああすれば、事実がクラス中に知れ渡るだろ。そうすれば、もう変に気にすることはなくなると思って」

「なんだ、けっこうチャッカリしてんだな、渡辺って」

「ほんとゴメンな、村田。なんか利用したみたいになっちゃって」

「いいよ、いいよ、気にするな」

高校は、自身が子供から大人に近付いていくその舞台となる場所だ。まだまだ、学ぶことは多い。

3

季節は変わり、オレたちは二年生になった。

クラス替えもあったが、相変わらずサッカー部員はクラスでオレ一人。そのうえ、入学してすぐに友達になった二人はそれぞれ別のクラスになってしまい、村田も他のクラスにいってしまった。しかしその代わり、いつも電車とバスで乗り合わせる女子が同じクラスになった。

サッカー部では、オレとタツヤはツートップとして活躍するようになっていた。勿論、地道な練習は続けている。

放課後に行われる練習に、週に二回、持久力アップのためのランニングが組み込まれている。しかしグラウンドを陸上部と共有しているためにトラックを使うわけにもいかず、オレたちサッカー部は学校の周りを走ることになっている。

コースは、まず学校を出て放置状態の四車線道路を東に行く。そしてすぐに北に折れ、畑の中をしばらく走る。すると、前方に道路と建物の並びが見えてくる。

この道路は二車線道路で、歩道もろくに整備されていないような道だ。しかし沿道には商店が並んでおり、スーパーやドラッグストアもあるため車の往来は多い。

この道路を渡り、向かいにある緑地公園に入る。この辺りは起伏に富んだ地形で、微妙に坂になっている箇所が多く、それはこの緑地公園内も同様だ。そのためオレたち以外にもランニングをしている人をけっこう見かける。オレたちはこの公園の中、自然散策路になっている道を一キロほど走ってから公園を出る。そしてまた、さきほどの道路を渡り、学校に戻る。

あるランニング練習の日、オレはタツヤと並んで緑地公園内を走っていた。

「あー、なんだか気持ちいい。緑の匂いがする」

新緑の中に満たされた空気をいっぱいに吸いながら、らしくないことをタツヤが言う。

「どうした？　いきなり」

オレはわざと、変わり者を見るような顔でタツヤを見る。

「なんだよ、俺がこういうこと言っちゃいけないのかよ」

「ウソだよ、冗談」

二人で笑いながら、鮮やかな緑に覆われた木々を見る。

その木々を彩る一枚一枚の葉は、春空に浮かぶ太陽に照らされ、その生まれたての色を眩しいほどに輝かせている。

「オレらにも、こんなときがあったんだよな。生まれたばかりの、きれーな色をしてたとき。でも、なんの濁りもない心でなにを感じて、なんの濁りもない目でなにを見てたんだろうな」

「これからこの世で生きていく準備をしてたんだよ。なんのフィルターもかかってない心と目でまわりを見て、期待と希望を膨らませてたんだ。きっとな」

さきほど道路を渡ったときに、西のほうで道路工事をしているのが見えた。地面を突き固めている音が遠くで聞こえる。

「て、俺らなに言っちゃってるのかな」

「似合わないかな、オレたち。こういうこと言うの」

前から走ってきた若い女性の、ショートパンツからのぞく太腿に二人、思わず目がいく。そしてオレたちは顔を見合わせた。

「やっぱ似合わないって。オレら若者には」

「ははは、確かに」

公園内を走り終え、道路を横切る横断歩道の前に立つ。さきほど見た道路工事の現場は、この場所からだとすぐ近くだ。路側帯のアスファルト部分を掘り返して、なにかの管を入れ替えているみたいだ。

車道は、この工事のために片側の交互通行になっている。警備員のオジサンが振る旗に従い、西に向かう車がオレたちのすぐ前を何台も横切っていく。岬の方向に向かっていく車列だ。

あの四車線道路は、オレたちの学校の前を過ぎて少し行ったところで一旦途切れる。そして大型車同士がやっとすれ違える幅の道を介して、この先でこの道路に接続されている。途切れた四車線道路の延長線上を辿っていくと、岬に達するまでの間、畑の中に思い出したように広い道路が現れたり、建設途中のまま放棄されて切通しの中で草に埋もれていたりで、とても街道として機能するようなものではない。そのため、今オレたちの目の前にある昔からの街道が、現在においても駅前と岬を結ぶメイン道路になっているのだ。

横断歩道の前に立っていたオレとタツヤに、後ろから走ってきた集団が追いついたため、道路脇には十人ほどの高校生が溜まった。

西に向かう車がなくなり、東へ向かう車を通す前に高校生の集団を先に渡らせようと、警備員はオレたちに向かって旗を振った。

横断歩道の手前で停っている東に向かう車は、白いボンネットタイプの軽自動車一台のみだ。この先には信号があるのだが、おそらくそこで後続車は閊えているのだろう。

警備員が振る旗に従い、オレたちは横断をはじめる。

タツヤは渡ろうとしたときに自分の靴の紐が解けているのに気付いたらしく、その場にしゃがみ紐を結び直す。

「先行ってるぞ」

オレはそう言って横断歩道を先に渡る。あとから来た集団も、タツヤをよけるようにして横断歩道を渡ってくる。

そのときだった。

オレは西から走ってくる大型トラックに気付いた。しかし、そのトラックはブレーキをかけて停る様子などない勢いで、軽自動車の後ろに迫ってくる。トラックの運転席を見ると、三十代ぐらいの男が目を閉じたままハンドルを握っていた。居眠り運転だった。

そして瞬く間に、前方の軽自動車との間隔が五メートルないほどまでになった。

そのとき運転手はようやく目を開け、そして同時にその目を見開いた。

急ブレーキをかけたため、トラックの車体が前に大きく傾く。しかし残り数メートルという間隔は、そのトラックが停れる距離ではないことは誰が見ても分かる。

そのとき、紐を結び終えたタツヤが横断歩道を渡りはじめた。

「タツヤ！　渡るな！」

オレは声の限り叫んだ。そしてタツヤに向かって手を滅茶苦茶に振り回した。

しかし、工事の音のほうがはるかに大きく、タツヤには聞こえない。そして軽自動車の運転手に軽く頭を下げているタツヤは、こちらを見てはいない。

道路を渡り終えていたほかの部員たちも「待て！」「渡るな！」と口々に叫んでいる。警備員もなにやら大声で叫び、赤い旗をどこかに飛んでいってしまいそうな勢いでタツヤに向けて振っている。

工事の音に混じって、オレたちと警備員の声がかすかに聞こえたのか、タツヤはこちらを見た。と同時に、工事の音よりもはるかに大きい音が響き渡った。

金属と金属がぶつかる音。その音がしたほうをタツヤは見た。そして自分に向かって押し出されてくる軽自動車を見て、固まっていた。

人は、自分に迫ってくる鉄の塊を見たとき、もうなす術はないと直感し、足掻くことなくその場に立ち尽くすものらしい。

軽自動車のボンネットがタツヤに食い込み、そしてそのボンネット上に跳ね上げられたあと、車の前進が止まったのと同時にタツヤの体は力なくアスファルトの上にずり落ちていった。まるでスローモーションのように進んでいった目の前の映像を、冷血なまでにオレはしっかりと見ていた。どんなに声の限り叫ぼうと、どんなに滅茶苦茶に手を振り回そうと、現実は、今、目の前にある映像にしかならなかった。

工事は中断され、辺りには一瞬、静寂が走った。

持っていた旗を放り投げ、タツヤのところに駆け寄る警備員。車から出て、首の後ろを押さえながらケータイを耳に当てる軽自動車の運転手。顔面蒼白となり、ハンドルに頭を凭れたトラックの運転手。

この場にいた全ての人がなんらかの行動を取っている中、オレたちはなにもできず、その場に立ち尽くしていた。

交通事故を目の前で見てしまった。しかもその被害者は同じサッカー部の仲間。オレが、そしておそらく他の部員たち皆が感じている動揺と恐怖。なんの前触れもなく襲ってきたその現実に、オレたちはただただ、その場に立ち尽くすしかなかった。

「救急車、呼ばないと」

オレたちの中の一人が思い出したように言って、ケータイを手に取る。

「もう救急車は呼んだ」

その言動を見た軽自動車の運転手が興奮気味に言う。

オレは動揺の中、とにかく監督に知らせなければいけないと気付き、ケータイを手に取って電話帳から監督の番号を呼び出す。指が震え、何度もボタンを押し間違えた。そしてやっとのことで、呼び出し音にまで辿り着いた。

「渡辺か、どうした」

ランニングに出掛けた生徒からの突然の電話に、怪訝そうな顔をしているのが声からも想像できた。

「監督、和田が、車に撥ねられて」

自分でも、少し声が震えているのが分かった。

「車に・・・、場所はどこだ？」

ただごとではない現実を知らされ、監督の声は大きくなる。

「緑地公園を出て、道路を渡ったところ、ドラッグストアの前です。膝のあたりからか、出血がすごくて」

「わかった。ドラッグストアのところだな、すぐに行・・・」

言葉の語尾を電話が拾う前に、通話は切られた。

警備員はタツヤの脇で膝をついて座り、仰向けになってぐったりとしたまま動かないタツヤに向かって、頻りに、「大丈夫か、もう救急車は呼んだ、しっかりしろ」と叫んでいる。

救急車のサイレン音が聞こえはじめたころ、監督が血相を変えて走ってきた。

「和田は、和田は大丈夫なのか」

オレは倒れているタツヤのほうを見た。

監督は頻りに声をかけている警備員に近付くと、軽く頭を下げ、それを見た警備員は立ち上がって場所を空けた。そして、今度は監督が膝をついてその場に座った。

先ずタツヤの首の脇や胸を触ったあと、自分の耳をタツヤの鼻の辺りに近付けた。そして心なしか安心したような顔をすると、倒れたままのタツヤの肩を軽く掴んだ。

「和田、すぐに救急車はくる。大丈夫だ、絶対助かる」

そう言ったあと、血に染まった膝のあたりを見た監督は自分が着ていたTシャツを脱ぐと、それを両手に持って二つに切り裂いた。そしてそれぞれを、タツヤの両膝の少し上あたりに巻いた。

真横で止まった救急車のサイレン音。回っている赤色灯。担架で救急車に乗せられるタツヤ。

「お前たちは学校で待機していろ」と言ってランニング姿で救急車に乗り込んでいった監督。

そして、まもなくして到着した警察に付き添われ、パトカーの後部座席に首を項垂れながら乗り込んでいったトラックの運転手。

それら全ては断片的な記憶となって、今でも、オレの心の中にある。

学校で待機しているように、という監督の言葉に素直に従う気にもなれず、オレはバスで病院に向かうことにした。

　救急車は東に向かって走っていった。この辺りで患者が救急搬送されてくるような病院は、この田代市にある総合病院か、豊山市にある市民病院だ。この場所から東に向かっていったということは、市民病院のほうだろう。

　目の前で起きた現実にオレは動揺し、恐怖さえ感じ、そしてしばらく立ち尽くしていた。しかしなんの滞りもなく進んでいったその後の光景を目にして、オレはようやく「今」に引き戻されたのだ。

　一緒にいた他の部員は学校に戻っていったが、オレはこの場所から歩いて数分のところにあるバス停に向かった。

　この、昔からの街道を通って駅前に至るバス路線の沿線に、市民病院はある。しかし平日の日中は、この路線もバスの本数は少ない。あの救急車のあとをすぐにでも追いかけたいオレは、祈るような気持ちで時刻表を見た。

　次のバスの時刻は十六時十分。今は十六時七分。よかった、すぐに来る。

　ほどなくしてやってきたバスにオレは乗り込んだ。しかしこの街道には信号が多く、所々で赤信号にかかる。交通事故を防ぐために四六時中無言で働き続ける交通設備に対して、オレは今までにないほどの怒りを覚えた。

　バスは十五分ほどで、「市民病院入口」に着いた。

　しかし入口というバス停名が表す、病院まで歩いて十分という道のり。走って五分の道のりではあったが、この時点ですでに、病院に向かいはじめてから二十分以上が経っていた。

もう、だめかも知れない。

監督のタツヤに対する言動から察するに、心停止状態ではないし、脈も問題ないし、自発呼吸もある。しかし、頭を酷く打っていたかも知れない。

もしそうだとしたら最悪の事態を考えなければいけないし、仮に命は助かったとしても、今までのタツヤではなくなってしまうかも知れない。そうなれば、今まで通りの付き合いは難しくなってしまうだろう。

二十分という時間。オレにとってもどかしいはずのその時間は、その中途半端な長さが心の中に存在する不安を助長させ、諦めにも似た妙な脱力感でオレ自身を覆ってしまうのだった。

心のどこかで、もう覚悟はできていた。

オレは、息を切らしながら病院に入った。奥の廊下に、医師や看護師が慌ただしく走っている様子が見えた。

「交通事故の患者、運ばれてきませんでしたか？」

受付にいた若い看護師に尋ねる。

「つい先ほど、救急車で運ばれてきた患者さんがいらっしゃいました。お調べ致しますので、少々お待ちください」

その言葉を言い終わる前に、受付の電話の受話器を取る。

「受付です。先ほど運ばれてきた患者さん、交通事故ですか？　…はい、…そうです。…

高校生の患者さん、…和田 辰哉さん、ですね。…はい」

電話の相手との会話の途中に、看護師はオレを見る。オレは首を縦に一回振った。

「…ええ。はい、分かりました。ありがとうございます」

通話を終えると、素早く受話器を置いた。

「手術室で緊急オペ中です。こちらへどうぞ」

指を揃え、手のひらを上にして、先ほど医師や看護師が慌ただしく動いていた奥の廊下を指し示すと、そちらへ向かって歩き出した。オレはその看護師のあとをついて行く。

長い通路を歩き、横に伸びる廊下に突き当たる。そこで右に向きを変えると、少し先に手術室があった。幅の広い引き戸の上には手術中の赤いランプが灯っている。そしてその前の廊下の脇に置かれたベンチに、監督が座っていた。両膝に肘を乗せ、組んだ両手に頭を凭れていた。

手術室はあちらです、と言った看護師に軽く頭を下げ、監督のもとに歩いていった。先に気付いたのは監督のほうだった。

「ああ、渡辺か」

おそらく病院が貸してくれたのだろう、白い無地のTシャツを着ている監督は、ずっと同じ姿勢をしていたのか、おでこには赤い跡を付けていた。

「和田、大丈夫なんでしょうか」

「分からん。病院に着くまでもずっと、意識は戻らなかった」

オレは立ったまま、手術室のドアを見た。

そして、しばしの間が空く。

「おれの監督不行届だ。すまん渡辺、嫌な思いをさせて」

監督は俯きながら言った。

「別に監督不行届だなんて。それに、オレなんかに謝らなくても」

そのとき手術室のドアが開き、中から初老の医師が出てきた。監督とオレはその医師に歩み寄る。

「どうなんですか、先生。あいつは助かるんですか」

監督の言葉に医師はすぐに答える。

「今のところ、命に別状はありません。頭も打っているようですが、幸い、打ちどころが良かったようで。詳しい検査を行ってみないと分かりませんが、とりあえず、脳にも異常はないとみていいでしょう」

そこで言葉を切った。しかしすぐに続けた。

「ただ、両足を切断する必要があります。膝の周辺の骨が複雑骨折をしていて、周りの血管や神経の損傷も激しい状態です。回復の見込みはありません」

監督は相槌を打つのを忘れてしまったかのように、首から上の動きを止めたままだった。

医師はそんな監督を一瞥するも冷静に、そして淡々と、タツヤの両足を切断する理由を話していった。

オレは、そんな医師がなんだか憎くも思えた。しかし、起きてしまった事実に対してのやり場のない怒りをとりあえず医師に向ける、などという真似はしたくない。医師だって人間なのだ。患者一人ひとりに感情移入をしていたら、医師は皆、頭がおかしくなってしまうだろう。

仮に血管や神経の接合手術を行なったとしても、傷の治りが悪いために細菌感染を起こし、足だけでなく全身にも悪影響が出てくる可能性がある。最悪、命が危険に晒される可能性すらある。

医師は説明を続けていた。しかしオレは、その説明を聞き流していた。両足を失い、車椅子生活になってしまうタツヤを想像し、友人として、その未来を案じていた。そんなオレに、説明をしっかり聞く余裕などなかったのだ。

「そうなんですか…」

監督のその言葉で、医師の説明が終わっていたことに気付いた。

医師は、監督の曇った表情を見て言う。

「辰哉さんの親御さんは、いつ来られますか？」

「市内にある会社から車で向かって貰ってますので、じきに」

監督は力なく答えた。「分かりました」と言って手術室に戻っていく医師に、監督は頭を下げた。

「本当にすまん渡辺。おれの責任だ」

「監督、なにもそこまで思い詰めなくても」

「いや、おれの責任なんだ。教師という立場の人間なんだから、生徒のことをしっかりと守らないといけない。なのにおれは、その未来ある生徒をこともあろうに、事故に遭わせてしまったんだ」

あの事故の原因は、居眠り運転をしていたトラック運転手です。監督の責任云々の話ではないと思います。オレは、この言葉を喉にまで出しかけたところで飲み込んだ。

これが、教師という職業。生徒の未来にまで責任を持つ、教育者という仕事。監督の姿を見てそう思った。だから、下手な慰めなど、まったく意味のないものだと感じたのだ。

「和田の親、すぐに来られるんですか？」

「ああ。母親におれから電話してある。それから暫く経ってるから、そろそろ着いてもいい頃なんだがな」

時計の針が五分ほど進んだころだった。受付のほうから、床を鳴らしながらこちらへ走ってくる二人分の足音が聞こえた。一人はスニーカーなのか、ゴムと床が擦れるような音。もう一人はハイヒールのようで、床を叩いて鳴らす音。

廊下の角から姿を現したのは、受付にいた看護師と中年の女性。手術室はあちらです、と看護師に言われ、その女性はこちらへ歩いてくると、監督とオレに頭を下げた。

「辰哉は、大丈夫なんですか？」

ＯＬといった感じの風貌。そういえば、街中の会社で事務やってるって言ってたな。

タイトなパンツスーツで身を包み、髪型もきれいに整えられていたが、頬には汗が一筋、垂れていて、指にはサックが付けられたままだった。

「今のところ、命に別状はないそうです。頭も打ちどころが良かったようで、脳も、とりあえず異常はないとみていいそうです。ただ、両足を切断する必要があるとのことです」

タツヤのお母さんの目に、泪が浮かんだ。

「そんなに、ひどい怪我だったんですか？」

「膝周辺が複雑骨折をしていて、周りの血管や神経の損傷も激しく、治る見込みはないそうです。仮に接合手術をしても、傷の治りが悪く、細菌感染の可能性もあるようです」

監督は斜め下を俯きつつ、申し訳なさそうに、しかし淡々と事実を告げていた。

タツヤのお母さんは、手の甲を鼻の下に当て、鼻をすすった。

「足を切断することが、あの子にとって最良の選択なんですね」

「医師の話はそのようなものでした」

そのとき、手術室のドアが開いて先ほどの医師が中から出てきた。

「辰哉さんのお母さんですか？」

その問いかけに「はい」と言って医師のほうに向き直る。

「もう、お話は聞かれましたか？」

「はい。監督さんから聞きました。足を切断することが、辰哉にとって最良の選択なんですよね？」

「その通りです」

医師は先ほどの説明を、もう一度繰り返した。

「分かりました。どうか、よろしくお願いします」

タツヤのお母さんは、深く頭を下げた。

医師は手術室に戻っていき、ドアが閉められた。

「ご迷惑かけてしまって、本当に申し訳ありませんでした」

タツヤのお母さんは、監督とオレに向かって頭を下げた。監督はそちらを見る。

「とんでもありません。責任は私にあります。私が守るべき生徒に対して、こんなに大きな怪我をさせてしまった。謝らなければいけないのは私のほうです」

申し訳ありません、と頭を下げようとした監督に言う。

「これは不慮な事故です。誰が悪いというものではありません。あの子の、運がなかったということです」

乾きはじめていたその目に、再び泪が溢れてきた。

監督は無言のまま、タツヤのお母さんに深く頭を下げていた。


「ごめんね、鶏肉、売り切れだったの」

今日は金曜日なのだが、食卓に並んでいたおかずは焼き魚だった。

ケンタはすでに食事を終えていたが、母さんは、せめてもの謝罪の気持ちよ、とオレが帰ってくるまで食事をとらずに待っててくれていた。

「そうなんだ。でも、わざわざ待っててくれてありがとう」

そう言ったあと、オレは一呼吸おいて続けた。

「前に話した、サッカー部のタツヤ。知ってるよね」

「タツヤ君ね。道路の西に住んでる子。なに、どうかしたの？　喧嘩でもしたの？」

無表情のまま話すオレを見て母さんは、息子とその友達の間に、なにかまずいことが起きたのではないかと察したようだ。

喧嘩だったとしたら、どんなに楽だったか。謝れば済む。こんな明確な解決法がある出来事だったら、オレの心はこんなに重くなることはなかっただろう。

「今日、そのタツヤが事故に遭っちゃってさ」

「事故って、交通事故？」

オレの心中を察するように、恐る恐るといった感じで聞いてくる。

「ああ。車に撥ねられて。でも命は別状なかったし、脳も異常ないだろうって。」

心配を顔に出していた母さんの表情が、少し緩む。

「そうだったの。じゃあ、大丈夫なんだね」

母さんの安心した顔を見たとき、途中で言葉を切った自分を後悔した。

心配させ、安心させ、そして現実。いっそのこと、安心などさせずにそのまま現実を話せばよかった。感情の大きな起伏は、心の負担をも大きくするのだ。

しかし、後悔などしていても仕方がない。

「両足を、切断したんだ。複雑骨折で、回復の見込みはないって」

「切断…。まだ高校生なのに…」

母さんは、そう言って黙ってしまった。

八畳ほどの台所兼ダイニングは、テレビの音と、別の部屋から聞こえてくるケンタのテレビゲームの音のみになった。

「でも、命は助かったんだよね。脳にも異常がないっていうことなら、雄大と同じように、いろいろ考えて、いろいろ感じることができるんだよね。車椅子に乗りながらだけど、皆と同じように生きられるってことだよね」

母さんはオレにそう教えるように、そして自分を納得させるように、一言ひとこと、言葉を選ぶように言った。

勿論、この言葉で全てが解決するようなことではない。しかし、簡単に解決できることではないからこそ、できるだけ早くに解決しなくてはいけない。いつまでもヘコんでいたって、なにも進まないのだ。

「そうだよね。ありがと、母さん」

オレはその言葉を母さんに言うと同時に、自分に言い聞かせていた。そうだよな。そう思うようにしなきゃ、やってられない。

電子レンジで温め直してくれてあった食事だが、味覚が何かに奪われてしまったようで、あまり味がしなかった。

翌日の土曜日は、練習が休みの日だった。

母さんが仕事に出掛け、ケンタが遊びに出掛けたあと、オレはタツヤが入院している市民病院に行った。受付でタツヤの名前を出すと、集中治療室へと案内された。

ナースステーションのすぐ隣にある大きな部屋。その部屋に開けられた大きな窓ガラス越しに、タツヤの姿を探した。すると、いくつも並ぶベッドのうち、部屋のいちばん奥にあるベッドの上にタツヤはいた。

白いシーツ、白い布団と白いベッド。白い壁、白いカーテンに白っぽい床。健康な人間にはあまり似合わないそんな環境の中で、タツヤは寝ていた。口には酸素マスクが付けられ、上着の袖の中に向かって点滴のチューブが伸びていた。

正直、予想外だった。命に別状はなく、脳にも異常はないだろうと言われていたタツヤが、まるで重症の患者のような姿になっていたのだ。

オレは、その重症患者然としたタツヤの上半身から、目線を下へと移していった。

病院の薄っぺらい布団は、横になっている人間の体の形をそのまま浮き立たせる。足の真ん中ぐらい、膝の少し上あたりだろうか、そこから下は、布団がぺしゃんこになっていた。

「やっぱり来てくれたのね」

横から声を掛けてきたのは、タツヤのお母さんだった。

Tシャツにジーパンという姿だが、昨日のスーツと同様、タイトな着こなしだ。タツヤと同じく体は小柄だが、体形はきれいに整っていて、年齢の割に肌の張り艶もよく、髪も黒々としていた。

「あ、昨日はどうも」

オレは軽く頭を下げる。

「いいのよ、そんなに畏まらなくても。渡辺君よね。辰哉から話は聞いてる」

そう言ってから集中治療室に目を向けると、少し笑って続けた。

「酸素マスクまでつけて。やっぱり、驚いちゃうわよね」

「ええ。でも、なんでまた・・・」

「昨日の手術のとき、一緒に心臓の手術もしたの」

「心臓の手術?」

オレはタツヤのお母さんの顔を見て言った。

なぜ、心臓にまでメスを入れる必要があったのか。わけが分からなかった。昨日の事故で、心臓にもダメージを負ってしまったということなのか?

「心臓の、一部の壁の厚さが、他の人より少し薄かったらしいの。それが、昨日の事故の衝撃で僅かに破けてしまったの。幸いその穴はごく小さいものだったらしくて、医師がすぐに気付いて処置してくれたから助かったんだけどね」

「心臓の壁が、破れた・・・」

「そう。壁が破れた。つまり、心破裂なの」

心破裂という病名は知っている。しかし、およそ聞く機会のないその言葉に、オレは不安を覚えざるを得なかった。

「心破裂って聞くと、なにかとんでもないことが起こったように思うけど、心臓にいくら小さな穴でも、それが開いた時点で心破裂という診断になるの。心膜、これは心臓を包んでる丈夫な嚢なんだけど、その心膜と心臓のあいだに血が充満して心臓の拡張運動を妨げてしまう。だから処置が遅れると命に関わる状態になってしまうんだけど、今回は処置が早かったから」

オレは不安を顔に出していたようで、タツヤのお母さんはオレの表情を窺うようにそう言った。

こういう状況で、相手の抱いている不安を払拭するのは至難の業だろう。やはりタツヤのお母さんの言葉も、それを払拭するに足るものではなかったが、ここは相手の心遣いを無理にでも受け入れておく。

「そうだったんですか…。でも、壁の厚さが薄いってことは、知ってたんですか？」

「ううん、知らなかった。あの子が生まれたときは、なんの異常もなくて。あの歳まで普通に生活してたの。その辺りのことは、あなたも知ってるでしょう？　普通に学校に通って、普通にサッカーやって」

「ええ」

オレは力なく答えた。

「はじめての症例だ、って医師も言ってたわ。成長の過程で、なんらかの原因でその部分が薄くなってしまったんじゃないかって」

オレは、どう言葉を返していいか分からなかった。しかし、これだけは聞いておきたかった。

「心臓に異常があるっていうことは、これからは、ずっと絶対安静の生活になってしまうということですか？」

「ううん。その壁の穴はちゃんと塞いでくれたから。体力が回復すれば、また元通りの生活に戻れるみたい」

そう言うと、いつしか笑みがなくなっていた顔に、とても穏やかな表情が満たされた。

元通りの生活…か。車椅子生活になってしまうという現実は、サッカーに情熱を燃やしていたタツヤにとってどんなに辛いことだろう。もう自分の足で歩くことすらできなくなってしまった体を抱えるというのは、まだ高校生のタツヤにとって、どんなに悔しいことだろう。だから、決して元通りの生活などではない。しかし。

親にとっては、子供の命が助かったというだけでも、とても幸せなこと。事故に遭って、足を切断して、心臓の手術までして。そこまでの状況になりながらも、今、ああやって生きている。もうサッカーはできないだろうけど、もう自分の足で歩くことはできないだろうけど、いままで通り、親子で暮らしてゆける。その事実に対して、いちいち口を挟むような野暮なヤツに、オレはなりたくなかった。

オレはふと、タツヤのお母さんに頭を深く下げていた監督の姿を思い出した。

「心臓の手術のことは、もう監督には話したんですか？」

「ううん、話してない。ていうか話せないじゃない、ただでさえすごい責任感じちゃってるんだし。そういう人に、心臓にまでダメージ負ったなんて話したら、どう？　責任とって教師辞めるどころか、人間辞めるなんて言いかねないでしょ？」

そう言って笑顔を向けてきた。

「確かに。ありえますね、あの性格だったら」

オレも笑顔で返した。

「実は少し前に、監督さんがいらしたの。手術が長引きそうだからって、昨日はあなたにそのまま家に帰ってもらったでしょ？　あのあとすぐに、監督さんにも学校に戻ってもらったの。それで今朝、結果を聞きにいらしてね」

そう言うと、少し真顔になって、続けた。

「監督さんに帰ってもらったあとに、医師から、心臓の手術も必要だってことを聞かされたの。だから監督さんに電話して、ちゃんと事実を伝えようと思ったんだけど、悩んだあげく結局、言えなかった」

すると、まるで自分が悪いことでもしたかのような顔をした。

「オレも、絶対に無理ですよ。あの監督にそっくりそのままの事実を告げるなんてこと」

タツヤのお母さんを慰めるように、オレは言った。

「そうよね。事実を告げて更に落ち込ませる必要なんかないものね」

「ええ。オレもそう思います」

二人とも、元の表情に戻っていた。

「まあ、酸素マスクまでつけてる姿見て驚いたと思うけど、別に重篤な状態ってわけじゃないのよ。傷を受けた組織や細胞がその傷を修復しようとして、大量に細胞分裂をしてエネルギーを多く使うの。で、そのエネルギーを作り出すために多くの酸素を必要とするもんだから、あのマスクをつけてるの」

足りない酸素を補うためのものだと漠然と理解はしていたのだが、なるほどそういう役目もあったのか。

オレが、へぇという顔をして頷いたのを見ると、タツヤのお母さんは続ける。

「あと、今回の心臓の手術みたいに上腹部の手術をした場合、肺や横隔膜にも影響を与えてしまって肺の機能が低下するの。だから、その補助って意味もあるのよ」

オレは、相変わらず頷いているのみだった。

「どう？　ここまで聞けば、あの重症患者みたいな見た目の理由も分かったでしょ？」

「ええ、よく分かりました。でも、さっきの心破裂のことといい、酸素マスクのことといい、随分と詳しいんですね」

「高校生の頃、看護師に憧れて色々勉強してたときがあったの。まあ、結局挫折しちゃったけどね」

そう言って少し笑ったのに続いて、オレも失礼にならない程度に笑っておいた。

時計は十一時少し前を指していた。今日は、オレがお昼ご飯を作る番になっている。

「じゃあ、そろそろ家に帰ります」

「そうなの？　じゃあ丁度良かったわ、私もこれから家に戻るの。よかったら車で送ってくわよ。家、坂の上よね」

折角なので、オレはこの言葉に甘えることにした。

病院の駐車場に停めてあった車に乗り、家へと向かう。そして、その車中。

「辰哉の分まで頑張ってね。サッカー」

ふと発せられたその言葉。おそらく本人も深い意味など込めていないだろう。仮にオレがタツヤのお母さんの立場だったとしたら、同じことを言うと思う。だって、ドラマとかでよく使われる台詞だし。

しかしいざ言われてみると、その言葉の重みは半端なものではなかった。

オレはこれから、タツヤが目指していたものまで背負っていかなくてはいけないのか。準決勝、決勝、と勝ち抜いていって、国体に出る。おそらくオレが持っているこの目標と同じものを、タツヤも持っていただろう。そのタツヤの分の目標をも、オレが背負っていかなくてはいけないのか。正直、ムリだ。

「はい。もちろん頑張ります。タツヤの分まで」

無論これは心からの返事ではなく、単なる社交辞令だ。

もうすでに、考えられるすべての努力はしている。だから、その努力をオレひとりで二人分行うことなど不可能なのだ。

この世の中には、無責任な会話が溢れている。

それから特に会話はなく、車は走り続けた。そして路面電車が走っている坂道を少し登りはじめたところでタツヤのお母さんが言う。

「今日はありがとね、心配して病院まで来てくれて。もしよかったら家《うち》に寄っていってよ、なにか飲み物でも出すから」

カーオーディオのモニターに表示されている時刻は、十一時二十分。ケンタはまだ友達の家にいるだろう。

「じゃあすいません、おじゃまします」

「了解。まあ、ちょっと狭いかも知れないけど我慢してね」

タツヤのお母さんはそう言うと、ウインカーを出してスピードを緩めた。そして左に曲がり、車一台がやっと通れるような路地を行く。すぐに地面が砂利で覆われた駐車場が現れ、そしてその駐車場に車を停めた。

「家《うち》、車庫がないからここの駐車場借りてるの。五分ばかり歩くことになっちゃうけど、いいかしら」

その言葉にオレが「ええ、全然いいですよ」と答えると、タツヤのお母さんは「そう、よかった」と言ってエンジンを切り、車を降りた。オレも続けて車を降り、二人、通ってきた路地を抜けて坂道に出た。そして、まだ上へと続くその道を登っていく。

すると、車の音に混じって路面電車が坂道を登ってくる音が聞こえてきた。そして、オレたちの横をその電車が追い抜いていったとき、タツヤのお母さんが歩道にゆっくりとしゃがみこんだ。

「どうかしたんですか？」

気分でも悪くなったのかと思ってオレは聞いた。

「ううん、そうじゃなくて」

タツヤのお母さんの目線の先にあったのは、坂を登っていく路面電車だった。そして、その路面電車を見ながら言う。

「辰哉、小さい頃このトラムが大好きでね。休みの日はこの場所で、ちょうど時間も今ぐらいだったかな。私と一緒に、坂を登り下りするトラムを見てたんだ」

トラムという英語を日本語に訳すと、路面電車。日本で、路面電車をトラムと言っている人はそうはいないだろう。

でも、やっぱりタツヤも、子供の頃はこの電車を見てたんだ。

男の子なら誰もが一度は、電車や車や飛行機といったものに興味を持つもの。オレも小さい頃は、坂の上の電停から、母さんと一緒にこの坂を登り下りする電車を見ていた。みな同じように見える電車も、窓の形やヘッドライトの位置が微妙に違ったりする。じっくり見ないと分からない違いを見つけては、母さんに自慢していた。

「なんかしらの思い出がこのトラムにあるのよね、この辺りの人って」

しみじみと言って、続けた。

「小さかった辰哉を連れて街に行くとき、私、昔から免許持ってたから車で行こうとするんだけど、辰哉がどうしても電車で行くって言ってきかないの。で、しぶしぶこのトラムに乗ったんだけど、この坂を登り下りするときの、あの独特の揺れが気持ちいいんだよね。なんかこう、辰哉との心のつながりが深まるっていうかさ。それからは、辰哉を連れて街に行くときは、いつもこのトラムを使うようになったの」

駅前に向かう電車が坂を下ってきた。その電車がオレたちの横を通り過ぎて行くと、タツヤのお母さんは立ち上がって少し笑う。

「だめね私も。昨日から辰哉が小さかった頃のことばっかり考えちゃって」

ひとり言のように言って、また坂を登りはじめた。

十メートルほど登ったところで、左に曲がり、一車線の道に入る。そしてその道を少し歩くと、住宅地の中に、白い壁を纏った古いコンクリート造りの建物が見えてきた。二階建てで、一階部分は元喫茶店といった感じだ。

タツヤのお母さんは、「これが我が家よ」と言ってその建物を指差した。

小洒落た喫茶店の入口、といった雰囲気を醸し出すドア。すでに店の来客用としては役目を終えたそれを、そのまま玄関ドアとして使っていた。

建物の中に入ると、モダンなデザインのパーテーションが、玄関ホールと化した店の入口部分と、もともと店だった部分を仕切っていた。その店だった部分は、厨房設備をそのまま利用して、土足のまま入ることのできる自宅のキッチン兼ダイニングに改装されていた。しかし改装してからもしばらくの年月が経っているようで、そのときに貼り直したと思われる壁紙も、一昔前のデザインといった感じだった。

そんな部屋の広さはというと、元がこぢんまりとした店だったようで、数人の家族が居間として使うにはあつらえ向きのものだった。

「コーヒーがいい？　それともお茶？」

タツヤのお母さんが、キッチンで手を洗いながら聞いてくる。

「いいですよ、どっちでも」

「そういう答え、相手に対して親切じゃないのよ」

「あ、すいません。じゃあ、コーヒーで」

「アイス？　ホット？」

「アイスで」

ダイニングテーブルの椅子に座り、グラスに入れてくれたアイスコーヒーを飲む。

「もともと、お店、やってたんですね」

こちらから堂々と聞いていいものなのか分からなかったので、テーブルの向かいに座ったタツヤのお母さんの反応を伺うような感じで聞いた。

「そう。て、なにもそんな遠慮がちに聞かなくていいのよ。潰れちゃったものはしょうがないんだから」そう言って、はははと笑う。

「でも、けっこう長くやってたんですか？　建物自体は少し年月が経った感じですけど」

「私がこの喫茶店をやってたのは、ここに来てからほんの五年ほど。このすぐ近くにダンスホールがあったの知ってる?」

「ダンスホールですか…。ちょっと、分からないです」

「それもそうね、あなたが小さかった頃の話だからね。まあ、そのダンスホールができたすぐあとぐらいに、元々店長やってた人がつくった店だから、二十年ぐらいはやってたのかな。そこから私が五年やってるから、三十年近くはお店として使ってたことになるわね」

「そうなんですか。ところで、ここに来てからっていうのは、ここに引っ越してきてからってことですか?」

「そう。辰哉が幼稚園の年少さんのとき。色々あって、ここに越してきたの」

「色々、ですか」

「そ。色々」

するとタツヤのお母さんは、いたずらっ子のような顔をして続ける。

「まさかあなた、その色々を聞こうってことじゃないわよね?」

「あ、いえ別に、そういうことじゃ…」

「ふふふ、やっぱりそうね。まあ、あんな思わせぶりな言い方したんだから当然だけど。いいわ、教えてあげる」

一呼吸入れるように少し間を空けたあと、手に持っていたコーヒーグラスを手で軽く回し、その中で回る氷を見ながら言う。

「私と、ある男との間に子供ができたの。辰哉のことね。私は妊娠したことを知って、その男と結婚しようとした。でもその男は、端から私と結婚する気なんかなかったの。子供できたって伝えたら、突然いなくなった。で、そのまま音信不通」

コーヒーの入ったグラスを持ったまま飲もうとしないオレを見て、タツヤのお母さんは続ける。

「でもある日、その男がこの辺りに暮らしてるっていう話を聞いたの。せめて養育費ぐらいは払わせようと思って、市役所に行って男の住所を調べてもらった。それで住所がわかったんだけど、家に押し掛けることはしなかった。そいつ、すでに家庭持ってたからね。だから、そいつが私のところに来るように、仕向けることにしたの」

手で回しているグラスの中では、氷が回り続けている。

不倫をして、挙句、その相手に子供まで身籠らせてしまう。そんなことをする人間が、実際、この世にはいるのか。

タツヤのお母さんは続ける。

「私、隣町で会社の事務員やってたんだけど、そこを辞めてこの喫茶店を引き継いだの。ここの元店長の娘さんと学生時代に友人だったんだけど、その店長さんが体調を崩しちゃって、お店を引き継いでくれる人を探しててね。まあ、いい機会だから引越しを兼ねて。その頃にはもうダンスホールはなくなってて、お客さんも減ってはいたんだけど、いいコーヒー豆を使ったり、当時はまだ珍しかったハーブティーをやってみたり。おかげで評判になって、お客さんもけっこう入ってたのよ。で、評判になればその男がふらっと現れるんじゃないかと思って。そしたら思惑通り、ふらっと来たわ」

「養育費、払って貰えるようになったんですか？」

「ううん。結局、私のほうから断っちゃった。言い訳ばっかりで、なにも話が進まないの。そんな男から貰ったお金で、大事な子供を育てたくはなかったのよ」

少し笑ってから続ける。

「で、お店のほうも、飽きっぽい日本人相手にやってくってのは予想以上に大変でね。結局潰れちゃった」

「そんなことがあったんですか」

そういえば、母さんも言ってたな。離婚したとき、相手のほうから養育費を渡すって言ってきたんだけど、あなたの世話になる気はありませんと言ってその申し出を断ったって。人としてのプライド、ってやつなのかな。

4

月曜日、部活の練習がはじまる前に部員は全員、いつもの集合場所に集められた。その集団の前に監督が立つ。

「金曜日の事故の件だが、和田は膝周辺の複雑骨折で、両足切断という事態になった」

集団からは、ため息と驚きの声が上がる。そして、その反応が一段落してから、監督は続けた。

「したがって、和田は退部ということになる。今朝早く、おれの自宅に和田のお母さんが退部届けを出しにこられた」

そして少しの間を空け、言った。

「和田の抜けた穴は簡単には埋められない。だが、和田の抜けたこのメンバーで、今後は闘っていかなければならない。一人ひとりの目標は変わらない。その目標に向かって、今後も練習を続けていくことにも変わりはない。いままで通り、しっかり練習をしていけばいい。お前たちが努力している姿は、おれがよく知っている。お前たち自身が、それぞれ自分を信じろ。そして、チームのメンバーを信じろ。そうすれば、自ずと結果はついてくる」

ドラマでよく使われる台詞など、監督は言わなかった。

「今回の事故で、おれは責任をとってこの職を辞することも考えていた。だが和田のお母さんに言われた。息子のためにも、監督を続けてくださいと。だからおれはこれからも、お前たちを引っ張っていく。だから、これからもおれを信じてついてきて欲しい」

集団の全員が「はい」と返事をした。


そろそろ、タツヤは退院しただろうか。あれから一ヶ月が経っていた。

ケータイに電話をしても『電源が入ってないため掛かりません』というアナウンスが流れるばかりで、まあ、まだ入院中ということかも知れないが、まったく連絡が取れないという状況は心許ない。

タツヤが学校を退学したということを担任の先生から聞いていたオレは、ある日の日曜日、お昼の食事を終えてからタツヤに会おうと家を出た。自宅の場所は分かっているので、直接、行って確かめることにした。

坂を少し下って右に曲がる。すぐに、元喫茶店の建物は見えてきた。

歩きながら思う。

足を失ったことで散々なまでにヘコみ、それが原因でひきこもりになってしまっていたら……。

部屋に閉じこもって内側から鍵を掛け、そこから顔を出すのは、親がおぼんに乗せて持ってきた食事を部屋の中に出し入れするときだけ。無精髭が伸び、ろくに着替えもせず、散らかったスナック菓子の袋とテレビとマンガに囲まれた生活。跡形もなく消えてしまった、かつてサッカーに熱中していた姿……。

心配性といえばそれまでかもしれないが、しかし、一ヶ月間音信不通の状態は、そんなマイナスの想像しか生み出さない。

玄関ドアと化した喫茶店の扉の前で、勝手に想像を膨らませ、勝手に躊躇した。しかし、無用な心配であるかどうかはさておき、無用な時間消費であることにすぐに気付く。

まさに民家の玄関よろしく、ドアの脇に付けられているインターホンを押した。

「はーい」

あのキッチン兼ダイニングから聞こえてきたのはタツヤの声だった。

「あ、オレ。タケヒロだけど」

「タケヒロ？　来てくれたんだ。いいよ入って。鍵開いてるから」

ひきこもりになってしまったんじゃないか。こんな不安は一瞬で消えてなくなるような、事故以前と全く変わらない喋り方だった。

ドアを開けて中に入る。

ダイニングテーブルの椅子に座って本を読んでいたタツヤは、パッと見、何も変わっていなかった。

しかしテーブルの下にちらりと目をやると、履いているハーフパンツの裾を適当に結び、切断箇所を覆っているのが見えた。唯一いままでのタツヤとは違う部分だが、やはり、視線をそこへ留まらせるべきではない。椅子の脇に置かれた車椅子も含めて、そこから努めて視線を逸らした。

タツヤの顔を見て「よお」と言って手を軽く上げる。タツヤも「おう」と返してきた。オレもタツヤも、なんだか態度がよそよそしい感じだ。いや、オレがそんな態度だから、なんでもないタツヤの対応までもそんなふうに見えてしまうのかも知れない。

オレは二の句を考えたが、出てこなかった。もう退院してたんだ、と言うのが普通なのだろうが、このときなぜだか、その言葉が出てこなかった。

こんな、いままでに経験したことがないような妙な間を埋めたのは、「どうした？」というタツヤの言葉だった。

久しぶり、でもなく、すでに退院していたのに音沙汰なしだった理由でもなく。変な間を空けたのだから当然かもしれないが、なんだか、試されているような気さえした。ハンデを背負うことになった友人を目の前にして、どんな言葉をかけてくるのかと。しかし。

「心配して来てくれたんだ」

以前と変わらない表情をこちらに向け、タツヤは言った。結局はオレが、ハンデを持つことになった人を特別視していただけだった。

「ああ、ちょっと気になってね」

タツヤに促され、その向かいとなる位置にオレは座った。

「ところでさ、ケータイに何度か電話したんだけど・・・」

「あ、ごめん。この前、水張った洗面台に落としちゃってさ。ほら、この体にまだ慣れてないから」

タツヤは自分の太腿を軽く叩いたあと、少し笑う。なんだか、心の敏感な部分に触れてしまったような気がした。

「でも、あのケータイにして一年以上経ってたから、機種変更だけで済むみたい。だけど、好みのデザインのやつが人気機種らしくて。それで、注文してから届くまで一週間以上かかるとかで」

「そうだったのか。ずっと音沙汰なしだったから、なんだか心配になっちゃって」

「なんか悪いことしちゃったな。それならそうと、タケヒロの自宅に電話しておけばよかったんだけど」

「まあいいよ、気にするなって。もう退院してたっていうのが分かっただけでもよかったよ」

タツヤが読んでいた本を見ると、有名な作家の小説だった。部屋の隅に置かれた本棚を見ると、その作家の本が何冊も並んでいた。

「よく読むの？　その人の本」

「うん。別に、ファンっていうわけじゃないけど、けっこう面白くて。こう、展開が気になって早く次のページをめくりたい、みたいな。そんな書き方なんだよね、この人の本」

「それをファンって言うんじゃないの？」

「そうなのかな」

二人で笑う。久しぶりだな、この感じ。

「まあ、最近は読書三昧だよ」

そう言うと、タツヤは自分の太腿を見た。

「そっか」

少しの間のあとオレは続ける。

「でもよかった。タツヤを見て安心したよ、けっこう元気そうで」

本当に元気かどうかは分からない。しかし、こういう言葉をかけることが、タツヤを励ますことになるだろうと信じた。

「オレ、家に帰って勉強しないといけないから、今日は帰るわ」

そう言って席を立つ。

実はもうすでに、今日の勉強は終わっていた。あまり長話する気にもなれなかったので、適当な理由をつけて会話を終わらせたのだ。

なにを話していいのか、正直、分からなかった。

「そうか。悪かったな、なにか飲み物でも出せばよかったけど」

「いいよ、オレなんかにそんな気を遣わなくても。じゃあな」

「ああ。また電話してくれよ。一週間後ぐらいには通じるようになってるから」

オレは、分かった、と言って外へ出た。

やっと開放された。正直そんなことを思いながら。

「今日、タツヤに会ってきたよ」

「どう？　元気にしてた？」

母さんは筑前煮の蓮根を口に運びながら、興味深そうに聞いてくる。

「ああ、元気だったよ」

オレはご飯を口に入れながら言った。

タツヤは元気だった。それは本当のことかも知れないが、もしかすると嘘かも知れない。

しかし、母さんに余計な心配をかけないほうがいい。そう思った。そして、これ以上突っ込んで聞かれる前に話題を他のところへ持っていった。

「タツヤの家って元喫茶店なんだよ。タツヤのお母さんが過去にやってたみたいで。けっこう評判の店だったらしいよ」

「そうなの。でもそんな評判の店をなんで閉めちゃったの？」

「飽きっぽい日本人相手に商売するのって、けっこう大変みたいだよ。当時だとまだ珍しかったハーブティーとかも出してたらしいけど」

母さんは「ふーん」と言って続けた。

「ところで旦那さんは？　タツヤ君のお父さん。一緒にやってたんじゃないの？」

「旦那さんはいないらしいよ。まあ、色々あったみたいで」

「そうなの。でも色々って、なに？」

「色々っていったら色々だよ」

母さんの目は、テレビのワイドショーを見る主婦の目のようになっていた。だから、ここでオレが話さないと、母さんの好奇心に付きまとわれそうな気がした。

幸い、母さんの口はかたい。秘密もしっかり守ってくれる人だ。それに、おしゃべりな弟はすでに食事を終え、部屋でゲーム中。

オレは、タツヤのお母さんが話してくれたことを母さんに話した。

そして、

「誰にも言うなよ。こんなこと知れたら、タツヤのお母さんとタツヤ自身が嫌な思いをするだけだから」

念のため、釘を刺しておいた。

「そんなことがあったのね。うん、分かった。私と雄大の秘密ね」

表情はいつもと変わらないが、目は本気だった。


サッカー部では部員全員が、ひとつの目標に向かって練習を続けていた。

タツヤが抜けたポジションには、控えのメンバーでいた三年生の先輩が新たに据えられ、オレとツートップを組むようになった。その新たなメンバーの動きに、チーム全体が慣れてきた頃だった。

ある日の練習終了後、部室で着替えをしているときに、控えのメンバーであるあの三人組の一人が言った。

「和田がいてくれたら、県大会優勝も夢じゃないのにな」

彼はおそらく、何気なく言ったのだろう。事実、その三人の中での会話から、ポロリとこぼれ落ちたような言葉だったからだ。別に悪気があってとか、嫌味で言ったということではなさそうだ。

しかしその言葉が発せられたとき、三年生から一年生までの全ての部員の視線が、彼に注がれた。タツヤがいたポジションに据えられた先輩の表情は、悔しさに懸命に耐えている様子が伝わってくるような、そんなものだった。

険悪な空気にすぐに気付いたもう二人のうちの一人が、おい何言ってんだよ、と言って彼の脇腹を肘で突っついた。

そのときようやく、彼は自分に集まる視線に気付いたようで、「あ、すいません」と言って小さくなりながらそそくさと着替えを済ませ、逃げるように部室を出ていってしまった。

禁句中の禁句なのだ。和田がいれば、という言葉。

おそらく、タツヤの技術がこのチームにあれば、優勝も決して夢物語などではなかっただろう。皆分かってる。分かってるから、チーム全員でタツヤのいなくなった穴を埋めようと必死なのだ。なのに、それをあっさりと否定されたオレたちは、無論、彼に対する怒りなどではなく、自分に対しての怒りを、覚えたのだ。

無力さを思い知らされた。そんなこと、自分たちでもとっくに分かっていたのに。

次の日、その彼はサッカー部を辞めた。そして残りの二人も、気付いたらロッカーの扉に貼られていた名前のシールが剥がされていた。


タツヤと会ってから十日が過ぎた。少し遅くなってしまったが、ケータイに電話をかけた。七日目の日に電話しようと思ったとき、躊躇したのだ。

タツヤの、心の敏感な部分に触れないように気を配りながら話をする。それが、どんなにストレスか。親友と呼べるような関係にまでなっていたからこそ、その反動は大きかったのだ。

しかし、一週間後には電話が通じると言っていた相手に対して、その後いつまで経っても電話をかけないというのが、その二人の関係を悪化させることになるのはもちろん理解している。

だから、十日というキリのいい日数をリミットとして考え、ギリギリまで引き伸ばしていたのだ。

「もしもし、タケヒロだけど。ごめんな、電話遅くなって」

「いや、全然いいよ」

その声は、案外あっさりしたものだった。

「ところでさ、最近、サッカー部ってどんな感じ？」

タツヤは声のトーンそのままに聞いてきた。

「どんな感じ…。まあ、皆、一生懸命やってるよ」

オレは当たり障りのない返事をした。

「そっか」

その言葉のあと、電話を通して沈黙が流れた。ここでオレはやっと、ふっ切れた。

「でもさ、タツヤの抜けた穴、大きいんだぜ」

こんな言葉が、あんな言葉が、タツヤを傷つけることになってしまうかも知れない。それをその都度考え、そして当たり障りのない言葉を発することが思いやりであり、最大の気遣いだと思っていた。

しかし、変にビクつきながら話す必要などないのだ。そんな過剰なまでの気遣いが、タツヤを逆に傷つけることになってしまう。そのことに、オレはやっと気付いたのだ。

「大した穴じゃないって、俺の抜けた穴なんて」

「謙遜すんなよ、世の中に存在するどんな穴よりデカイって」

「そこまで言われるとさすがに照れるな」

気付くと、以前となにも変わらない二人になっていた。


この日以降、オレは時々タツヤに電話してなんでもない話をしたり、メールでやりとりしたりするようになった。

5

オレはクラスの中においても、新たな環境をつくっていく必要があった。

一年生のときに仲の良かった友達は全員、他のクラスに行ってしまったのだ。だから、それに代わる新たな友達をつくらなければならなかった。

今更ではあるが、タツヤのこともそうだし、サッカー部の中でのオレ自身の新たな立ち位置に慣れることにも精一杯で、それ以外のことに神経を使えるような余裕がなかったのだ。これまで、サッカーだけに情熱を傾けていたがゆえの、若干遅くなってしまったスタートだった。

例のごとくクラス替えの初日、前後の席の二人と仲良くなってはいたのだが、休み時間に多少の会話を交わす程度だった。

高校生活も二年目となってくると、同じ部活、同じ趣味といったように、互いに考え方が通じ合う人間と友人関係を深くしていくもの。だから、このクラスに一人だけのサッカー部員であるオレはそういった意味で、考え方を同様とする人間になかなか出会えずにいた。メンバーの抜けた穴を埋めようと、ひたむきに練習に打ち込む少年、という境遇の人間に。

ただ、考え方が通じ合うという以外にも、友人関係を形づくる要素はある。この高校は男女共学であるために、男と女、という要素だ。

実際周りを見ていると、同性同士で友人関係を築いていく者、異性間で友人関係を築いていく者、それぞれが半々といった感じだった。オレは、その後者になった。相手は、いつも電車とバスの中で一緒だった、あの子だ。

オレはその子に対して、同じ学校の女子、という認識しかなかった。だから、おそらくその子もオレのことは、同じ学校の男子、という認識でしかないのかも知れない。タツヤがいなくなってからも互いに話しかける素振りすらなかった二人の関係は、こう思わせるに充分だった。

同じクラスゆえ名前を知ってはいるのだが、それ以上の情報を求めようとはしなかった。朝、バスを降りてその子が向かうのはソフトボール部の部室。ゆえにその子はソフトボール部員である。とまあ、これぐらいの情報ならあるのだが。

同じクラス、同じ電車、同じバス。ここまで共通点があるのにも関わらず、今まで話しかけようともしなかったこの妙な関係に、いい加減、違和感を覚えていたということでもあった。

はじめて話しかけたのは、バスターミナルの中にある自販機の前。バスの中で飲むためのジュースを買おうとしたときだった。

体を包む空気に少しずつ夏を感じるような気候になってきたが、この時期ではまだ、バスの運転手もエアコンなどかけてくれない。決して暑くはないが、喉をぬらしたいと思う気温にはなる。

自販機の前に行くと、すでに三人が列をつくっていた。列の最後尾についたオレの前が、その子だった。電車の中で一緒だった他の女子高生とはすでに別れ、一人だった。

列は三人、二人と減っていく。オレの後ろには誰もつかず、結局、その子とオレの二人だけになった。

このバスターミナルの上にはペデストリアンデッキが覆いかぶさっており、蛍光灯の灯りで照らされてはいるが、場所によっては少々暗いところがある。そのうちの一箇所が、この自販機のあるところだ。

デッキの上からターミナルに下りてくる階段の下。一般住宅でいう、階段下の無駄なスペース有効活用のために作り付けの収納にするあの場所。この自販機もその収納のような扱いでこの場所に置かれているが、場所的にどうしても周囲は暗くなる。

この薄暗さの中、真うしろに立つ人間に対して警戒するのは、男も女も一緒だろう。やはりその子も例外ではなく、頭を少し横に向け、横目でオレのほうを見てくる。髪をかき上げる仕草でカモフラージュしながら。

しかし、完全に後ろを振り向けるような姿勢ではないので、真うしろの人影が自分との間に適度な距離を保っていることだけを確認すると、また前を見て自販機にお金を入れはじめた。

まるで、女性につきまとう犯罪者みたいに思われてしまった気がして、なんだか悔しい。

勝手な感情ではあるが、一瞬たりともそんなことを考えたオレを慰めるべく、ジュースを取り出し口から取り終えたその子に声をかける。

「小島さん、だよね」

体の向きをこちらに変えたのと同時に、その声の主はオレだと気付く。

「なんだ、渡辺君だったんだ。誰かと思った」

「別にそんなに警戒しなくてもいいじゃん」

そう言って、二人で少し笑う。小島さんは笑顔がとても爽やかな子だ。近くで見て気付いた。

「ソフトボール部だったよね」

「うん、今から朝練に行くところ」

知ってる。

「せっかくだから、一緒に行こうよ」

「うん」

オレはジュースを買って、小島さんとバスに乗った。そして、真ん中あたりの席に二人並んで座る。

「やっと話しかけてもらえた。って感じだったかな？」

バスが発車して間もなく、小島さんがサラっと言った。

つまりは、そういうことだろう。

「えっ？　あ、まあ・・・偶然、前にいたから、みたいな？」

まだ喉が渇いてもいないのに、なぜかオレはペットボトルのキャップを開けながら、ツギハギだらけの言葉を返した。

「あっごめん、そういうことじゃなくて。単純に、今まで全然話しかけてこなかったからって意味」

「あ、そういうことか。ははは」

キャップを開けてしまった手前わざわざ閉めるわけにもいかず、ペットボトルの冷茶を意味もなく口の中へ流し込んだ。

「事故に遭った、和田君・・・だっけ。その和田君がいなくなって一人になっても全然話しかけてこないし、私ってもしかしてシカトされてるのかな、なんて思ってた」

かなり気に病んでいたと思われる話の内容の割には、あの爽やかな笑顔は保たれたままだし、特に傷ついているふうでもなかった。

「オレって今まで、彼女つくるぞっていう感覚自体もなかったし、ただ単純に、仲がいいわけでもないから話しかけない。そんな感じだったんだよ」

オレはあえて、あっさりと言った。

「そうだったんだ。てことはもしかして、渡辺君って硬派なわけ？」

「そういうわけでもないけどね。サッカーに情熱を燃やしてるからっていえば格好はいいけど、なんていうか、ひとつのことに一生懸命っていうか。まあ、器用じゃないんだろうね」

「そうなんだ」

バスは駅前のターミナルを出て、市街地を抜け、あの四車線道路に入る。

信号がほとんどなく、ほぼ直線に引かれた道路を走るバスは一定のエンジン音を車内に響かせはじめる。

「小島さんって、坂の下の中学出身なんだよね？」

タツヤのことを、和田君…だっけ、なんて言ってたけど、だとすると小島さんはタツヤの存在を知らなかったのか。

「ううん、私が高校生になったときに家族で引っ越してきたの。元々は富士見坂に住んでたんだ」

ああ、そういうことだったのか。

この県の最東端に位置する、オレたちが住んでいる豊山市。富士見坂は、その市内の中でももっとも東、隣の県と接している地区だ。

その地区から駅前に出てくるにしても、その辺りには公共の交通手段がないため、親に車で送ってもらうか、自転車で一時間近くはかかる道のりを延々と走ってこなければならない。

「そうだったんだ。じゃあ、通学のことを考えて引っ越してきたってこと？」

「うん。それもあるし、あと、住んでた家がけっこう古かったから建て替えする予定だったの。だけど生活の利便性とかいろいろ考えると、街中に少しでも近いところに引っ越したほうが、今後いろいろと楽だろうって」

「なるほどね。そういえばあの辺りって、スーパーも何もないもんね」

「そう。で、ちょうどその頃に坂の下の電停近くに住宅分譲地ができたから、じゃあそこに引っ越そうっていうことになったの。私が高校に上がるのと同時に、妹が中学に上がることになるんだけど、タイミング的にもちょうどいいからって」

「へえ、運が重なったんだね」

「うん」

「運が重なって、うんって」

「あ、違う。別にそういう意味で言ったわけじゃないから」

二人で静かに笑った。

オレと小島さんは仲良くなった。放課後の部活の終了時間はサッカー部のほうが一時間ほど遅いために帰りは別々だが、登校時のバスの中と学校の中、そして土曜日が通常練習のときの学校までのバスの中で、二人は時間を共にするようになった。

隔週休みの土曜日は市民グラウンドで自主練習をしているオレにとって、共に朝練があり、家も学校から見て同じ方向にある小島さんが唯一、より長い時間を共有できる存在であったのだ。


二人のそんな生活は二ヶ月ほど続いた。

オレは、小島さんはあくまで友達、という認識でいる。小島さんがそれ以上の関係を望んでいるふうではなかったので、オレもそれ以上の関係を望もうとはしなかったのだ。しかしある日のバスの車中。

「今週の土曜日、マグーナで花火大会があるみたいだよ」

「ああ、駅にポスターが貼ってあったね」

マグーナとは、地元ではそこそこ有名なデートスポットだ。海に面した総合レジャー施設で、マリーナあり、レストランあり、プールあり、そして観覧車ありと、カップルに好まれそうな設備は一通り揃っている。

「サッカーの自主練習が終わったあとでいいから、一緒に行こうよ」

「ああ、いいよ」

オレも遂に、一人前にデートってやつをするのか…。なんだか、実感が湧かない気もするが。

そして、マグーナに行く日はやってきた。

夕方、市民グラウンドから家に戻って軽くシャワーを浴びてから、電停に向かい、電車に乗る。坂を下りきって二つ目の電停で小島さんが乗ってくる。十分ほどで駅前に着き、そこからJRの快速で一駅。そして、その駅からバスで十分。

オレたち以外にも、若い男女の二人組は多い。正直、小島さんよりもオレの好みの女性が大勢いた。思わず目移りしそうになるが、その都度、はかったように小島さんがオレの顔を見上げて話しかけてくる。

正直なところ、小島さんに対してあまり深いものは感じていなかった。それでも、夜の空に広がる花火を見て、きれいだね。うん、きれい。とカップルみたいな言葉を交わし、売店で売っていたクレープを買って一緒に食べて、公園内を一緒に歩いた。

帰りのバスの中、快速電車の中、そして路面電車の中でも、オレは小島さんといつもと変わらない会話をしていた。

坂の上の電停に降り立ったとき、オレは、なんだか心がフワフワ浮いているような気分になっていた。

オレも人並みに女と付き合い、人並みにデートをしたのだ。マグーナにいた男たちと同じく、オレも女を連れてデートスポットを歩いていたのだ。そんな自分に、そしてその事実に、酔っていた。

そこには、小島さんへの気持ちというものは少しも存在していなかった。

朝、岬行きのバスの乗り場で待ち合わせ、朝の挨拶を交わし、学校へ向かう。話すことといえば、昨日テレビでやっていたドラマの話や映画の話。そんな、電車やバスの中で高校生がよくしているような話をオレたちもしていた。タツヤといたときもそうだったし、小島さんといるときもそうだった。

勿論それに関しては、仲のいい友人同士の会話として自然な光景だ。しかしそうであるがゆえ、なんとなく気付いていた。小島さんの存在は、単にタツヤの代わりであると。

「渡辺君ってさ」

月曜日、バスの中で小島さんがふと言った。そして、オレの返事を待つように少し間を空ける。いつものような爽やかな笑顔はそこにはなく、膝の上に置いた自分の手を見ていた。

聞こうとしていることが容易に想像できる。しかし、その答えを出すことに罪悪感があった。しかしろくな準備もできないまま、時間は進んでいってしまう。

空ける間には、限界があった。

「うん？」

オレにしてくるであろう質問に対して、最悪ウソでもいいから、小島さんを傷つけないための答えを考えていた。しかし、それを出すには時間が短すぎた。

「私のこと、どう思ってる？」

「友達じゃん。なんで？」

彼女だ、と言うことが照れくさいわけでもなんでもない。友達だと思っていた。素直な気持ちだった。だいいち気を遣って、彼女だ、と言ったとしても、それに続く言葉を考える時間もなかった。

「そうだよね、友達だよね。なに変なこと聞いちゃってんだろ、私」

そう言って笑顔を向けてくる。

「変なこと考えてないで、仲良くやってこうよ」

オレも笑った。

二人とも、心からの笑顔ではなかった。小島さんの笑顔は近くでもう何度も見ている。だから分かる。

マグーナに誘ってきた時点で、少なくともオレは気付いていたはずだ。二ヶ月間も男と女が一緒にいながら、彼氏と彼女の関係に発展することもなく、ただ仲のいい二人でい続けた。だから、そこから一歩を踏み出すために、小島さんはオレをデートに誘ったのだろうと。

しかし、いまさら思ったところで、もう遅かった。

そして次の日からまた、変わらない日々ははじまった。

小島さんの気持ちに応えるために自分を変えなければいけないと思いながらも、なかなかその先の一歩が踏み出せないでいた。別に、小島さんのことが嫌いというわけではない。健康的で、性格も明るくて、笑顔も爽やか。むしろ好感を持てるタイプだ。しかし、彼氏と彼女という関係にピンとこないのだ。

この歳まで童貞だったゆえに、女の子との付き合い方を知らないというのも原因なのだろうし、それ以上に、タツヤとは友達以上の親友という関係だったがゆえ、そのタツヤがあるとき急にいなくなってしまったことによる虚無感をとにかく紛らわせることを優先していたためでもあるだろう。

オレにしてみれば彼女という存在でなくても、その虚無を少しでも埋めてくれる存在であれば、誰でもよかったのだ。

学校が夏休みに入ってからも、小島さんとは今まで通りの関係が続いていた。部活がある日は一緒に学校に行き、お昼前に部活が終わるとまた一緒に帰ってくる。やはり、それ以上の関係になることはなかった。

ある日曜日の午後、オレは駅前の本屋で参考書を買うために電停に向かって歩いていた。

電停のある交差点で信号待ちをしているとき、後ろから電車の音が聞こえてきた。もちろん、電車に乗り遅れそうだからといって信号無視はできないので、仕方なくその電車は見送った。

次の電車をただ待っているだけの時間が勿体ないような気がしたので、オレは次の電停まで歩いていくことにした。

路面電車という乗り物は、車と一緒に道路を走り、車と同じく道路信号を守って走っている。そのため、一般鉄道のように正確な時間で走ることが難しく、それゆえ時刻表を見ても、土曜日曜の日中は八分～十二分間隔で運転、というアバウトな書き方になっている。

適当な時間に家を出て、電停で待っていればそのうち来る。こんな感覚で利用するのが当たり前の電車なのだ。

坂を下りて一つ目の電停まで歩いても五分と少し。考えてみると、この坂を歩いて下るということは久しくしていない。この坂を登り下りするときはいつも電車の中だったし。

朝から教科書とノートばかりを見ていた目を休ませるのにもちょうどいいし、いつもは目にしない景色を見ることは気晴らしにもなるだろうから、この機会にブラブラと坂を下ってみることにした。

坂を下っていったとき、前からタツヤのお母さんが歩いてくるのが見えた。買い物袋を両手に抱えながらも、年齢にそぐわないような軽快な足取りで坂道をスタスタと登ってくる。タイトな着こなしのTシャツとジーパンも相変わらずだ。

「あら渡辺君、久しぶりね。元気だった？」

「ええ。おばさんも元気そうですね、足取り、すごい軽快に見えました」

「このくらいの坂道なんかへっちゃらよ。それよりあなた、おばさんなんて失礼ね、おねえさんでしょ」

いたずらっ子のような顔をして言った。

「あ、すいません。おねえさん」

「ははは。ウソよ、冗談。それより、どこ行くの？　こんなところブラブラ歩いてるなんて」

「駅前の本屋に参考書を買いに行くんですけど、ぎりぎりのところで電車に乗り遅れちゃったんです。でも次の電車をただ待ってるだけの時間が勿体ないような気がしたんで、それでひとつ先の電停まで歩いて行こうと思って。その途中だったんです」

「そうだったの。まあ、日曜日は勉強詰めなんでしょ？　だったら気晴らしになっていいかもね」

「ええ。まさにそう思って歩いてました。それに、滅多に見ない景色を見て心を癒してた、みたいな」

「ははは、大袈裟ね。あ、あんまり話し込んでるとトラムが来ちゃうわよね。じゃあ、勉強頑張ってね」

そう言うとタツヤのお母さんは「さあ、もう一息」と自分に言ってから坂の上のほうを見ると、手に持っていた左右の買い物袋を入れ替える。袋の中身はぎっしりと詰まっていて、けっこう重たそうだ。それに今年の夏は比較的過ごしやすい日が続いているとはいえ、額には汗が滲んでいた。

「ひとつ持ちますよ。さすがに重いですよね、それ」

これは親切というより、むしろマナーだと思う。

「参考書を買いに行くんじゃなかったの？」

「いいですよ、別に急いでないですから」

「そう？　悪いわね。じゃあお願い」

オレは片方の袋を受け取った。箱菓子や調味料に混じって野菜がいくつか入っていたが、生野菜というのは想像以上に水分を多く含んでいるために、案外、重量が嵩むもの。見た目以上の重さについ、たじろぎそうになった。

タツヤのお母さんが持っているもう一方の袋を見ると、一リットルのペットボトル入りコーヒー二本に、一リットルのパック入りジュース二本、それに小間物が適当に入れられている。こちらもけっこうな重さがありそうだ。

二人、袋を片手に持ちながら坂道を登っていく。

「買い物、この坂の下にあるスーパーですよね？　車、使わないんですか？」

「こうやってまとめ買いするときにこそ、自分の足で歩かないと。歳をとりはじめたからって、体を甘やかせる必要なんかないの。むしろ、負荷をしっかり与え続けないと、人間は余計に歳をとっていく一方なの」

今の言葉、帰ったら母さんにも教えてやろう。まあ、確実に嫌がるだろうけど。

タツヤのお母さんの軽快な足取りは、一定の間隔で地面を蹴り続けている。

「先週の日曜日、試合あったんでしょ？　結果はどうだったの？」

試合があることは、タツヤに電話で話してあった。そのタツヤから聞いたんだろう。その後、結果も話してはあったのだが、それまでは聞いていなかったようだ。

「勝ちましたよ、六対一で。これで、ベスト４進出です」

「そうなの、それはよかったわね」

まるで息子が偉業を成し遂げたみたいに、満面の笑みで言った。

しばらく歩いて、元喫茶店に着いた。ドアを開け、家の中に入る。

「ただいまー」

「ああ、おかえり」

テーブルの椅子に座っているタツヤは背中をこちらに向け、テレビを見ながら言った。

「よう、久しぶり」

オレの声で、ようやくタツヤがこちらを振り向いた。

「おータケヒロ。ほんと久しぶり。来てくれたんだ」

部活に勉強に忙しい高校生活。数ヶ月という期間などすぐに過ぎていってしまったが、でもそれはあくまでオレの感覚。タツヤにとっての数ヶ月と、オレにとっての数ヶ月。きっと、長さはまったく異なるのだろう。

「荷物、持ってくれてありがとね」

そう言ってオレから買い物袋を受け取ると、自分の持っていた袋と一緒に流し台の上に置き、その中身をてきぱきと冷蔵庫の中に入れていった。

「荷物運んでもらったお礼に、なにか飲み物でも出すわよ。なにがいい？」

「じゃあ、アイスコーヒーお願いします」

「分かった。ちょっと待ってて」

なんでもいい、という答えは相手に対して不親切なのだ。

「でもさ、なんでまた、母さんの荷物運ぶのを手伝うことになったわけ？」

テーブルの向かいの位置に座ったオレに、タツヤが不思議そうな顔をして聞いてきた。

「坂道を歩いてたら、偶然、おばさ・・・いや、おねえさんと会ってね」

「さっきのは冗談だってば。いいのよ、そんなに気を遣わなくたって。実際オバサンなんだから」

そう言って、キッチンでコーヒーを入れながら笑った。

「でもなんで、坂道を歩いてたりしたわけ？」

「ちょっと街中に用事があってね。でも、あと一歩のところで電車に乗り遅れちゃって。で、ただ待ってるだけっていうのもあれだから、一駅分歩いてく途中だったんだよ」

「ふーん、それで運悪くつかまっちゃったんだ」

「運悪くなんて言い方、私に対して失礼でしょ？」

タツヤのお母さんは、アイスコーヒーが入ったグラスのうちのひとつを、タツヤの頭の上に乗せながら言う。タツヤは「危ね」と言いながら頭の上のグラスを取った。

そんな光景を見ていて、なんだか安心した。

オレが勝手に想像した、ひきこもりになってしまったり、荒れ果てた生活を送っていたりといったタツヤの姿。しかしそんなものは杞憂に終わり、今こうして、かつてとなにも変わらないだろう雰囲気が展開されているそのことが、親友として、普通に嬉しかった。

タツヤが見ていたテレビの中では、上下黒の服装できめた警部補が密室トリックの謎を解いていた。その警部補の鮮やかな名推理を見ながら、二人、アイスコーヒーで喉を濡らした。

再放送ゆえ結果を知っているはずなのについ見入ってしまい、気付くと時計の針はすでに三十分以上進んでいた。このドラマ特有の主人公によるエンディングトークが終わり、それとほぼ同時に、二つのグラスの中は溶けかけた氷だけになった。

「明日、仕事で使う資料をどうしても今日中にまとめておきたいの。これから会社に行くんだけど、よかったら駅前まで車で送るわよ」

ドラマが終わるのを待っていたかのように、タツヤのお母さんが言った。しかし折角の親切なのだが、オレには思うところがあった。この人に変な気遣いでもしようものなら逆に叱られそうな気がする。だからオレは、あえてきっぱりと断りを入れた。

「タツヤともう少し話をしてから行きます。すいません」

「そう。別に謝らなくたっていいのよ。じゃあ、ゆっくりしていってね」

そう言ってタツヤのお母さんは、Tシャツとジーパン姿のまま鞄を持って出掛けていった。

テレビではバラエティ番組の再放送がはじまった。オレとタツヤはそれを見るというより、何気なく聞いているという感じだった。

「俺のこと、皆なんか言ってる？」

タツヤがふと言った。

「皆、タツヤどうしてるかなって言ってるみたいだよ。特に女子が」

「マジで？　なんだか嬉しいな」

もう少し話をしてから行きたいというのもそうだが、しかし、むしろこの家族のやりとりの、その雰囲気の余韻に浸っていたいという思いのほうが強かったかも知れない。オレの家でも、家族が今の三人になってからは似た雰囲気がある。ゆえに心地よかったのだ。まるで自分の家にいるような感覚が。

しかし、そこはやはり親友同士。会話は自然と続いていく。

「嬉しいな、って。そこは謙遜するところだろ。別に俺なんか、とか、マジで？　って言ったあとに照れるとか」

「そういうものかな？」

「そういうものだよ」

「でもさ、折角そう言ってくれてるんだから、その思いは素直に受け入れるべきなんじゃないの？」

「そういうものかな？」

「そういうものだよ」

確かにタツヤは、所謂イケメンってやつなんだろう。男同士であるオレからしたらあまりピンとはこないが、かつてのハンサムというものに分類される顔ではなく、いまどきのイケメンというものに分類されるタイプの顔立ち。それが、女子のハートを射抜いているんだと思う。やはりイケメンと呼ばれるような人間は、自らそれを自覚し、意識して生きているのだろうか。まあ、オレには関係のない話だが。

決してそれに対抗してというわけではないが、オレは小島さんのことを話した。

「オレさ、同じクラスの女子と仲良くしてんだ」

少なくともオレの心の中では対抗ではない。タツヤにとっては対抗してきたと思うかもしれないが、事実、オレと小島さんの関係は、とても彼氏と彼女の関係と呼べるものではない。仮に、そういう関係であったとしても、付き合っているとここで宣言するほどオレは見栄っ張りではないし、タツヤに対して嫉妬もしていない。

ただ単に、話の流れというものだ。

「そうなんだ。で、誰？　俺が知ってる人？」

興味深そうな顔をして聞いてくる。

「小島さんって知ってる？　いつも電車とバスで一緒だった子」

「はいはい、ソフトボール部の。じゃあ、仲良くやってんだ、その小島さんと」

「ああ。一応な」

そうは言ったものの、やはりタツヤには本当のことを言っておきたい。いや、言わなければならない。それが、親友というものだと思う。

だから、オレは全てを話した。

小島さんと友達にはなった。しかし、それ以上の関係には発展しなかったということ。ある日デートに誘われた。しかしそれでも尚、彼氏と彼女の関係に発展することもなく、ただの友達という関係を続けていること。そしてその原因は、オレの心の持ちようにあるということ。

「そうか」

タツヤは声のトーンを少し下げてそう言うと、そのあとに言葉を続けなかった。

そして、少しの沈黙のあと、言った。

「まあ、そんなもんなのかな、男と女って」

「ああ、そうかもな」

「男は自分の自己満足のためだけに女とくっつく。女の気持ちなんて関係ない。そんなもんだよな」

グラスの中で次第に液体へと姿を変えていく氷を見ながら言った。

それは、世の中の男たちに対する言葉。しかし、低いトーンから読み取れるタツヤの心の中の憤りは、明らかにオレに向いていた。

「タケヒロ、お前だってそうだろ」

タツヤはオレの目を見て言ってくる。

「あ、ああ。」

否定のしようがない。事実だからだ。

不意に重くなってしまった空気に耐え兼ねたオレは、視線を落とし、そのままグラスの中の氷に行き場を失った視線を逃がした。

「そうやって女を傷つけてくんだよ、男ってのは。お前もその一人だったのか」

先ほどテレビの中で、黒ずくめの警部補に問い詰められていた犯人みたいに、オレは言葉に詰まったままだった。

いつ破綻するかも分からない、虚飾で塗り立てた表面上の自分。その内側にあるものをことごとく見破られ、反論もできずにただただそこに居るしかないオレは、テレビの中の犯人となにも変わらないのだ。

「とっとと別れてあげたほうが、その子のためなんじゃないのか？」

尚もタツヤの口から出てきた言葉は、オレを極限まで追い詰めた。

「ずいぶんと、嫌味っぽい言い方するんだな」

オレのせめてもの抵抗。そして、せめてものプライド。オレはタツヤの目を見て言った。

しかし、相手の目を敵意むき出しで見続ける時間は、互いに耐えるに難い時間でもある。

そんな時間が何秒もったか分からない。気付くと、二人はグラスの中の氷を見ていた。

オレは、そのグラスを持つ手に力が入っていることに気付いた。

もし、握力がプロレスラー並みにあったとしたら、手の中でこのグラスを握りつぶすことができるのかも知れない。

しかし、そんな方法で怒りのアピールをすることになんの意味があるのだろう。自らの手を傷付けてまでアピールするメリットがどこにあるのだろう。それに、自らの力で相手を震え上がらせることが自分の利益になるとは思えない。そんな方法で強引に優位に立ったとしても、虚しさを感じるだけのはずだ。

物に当たることの無意味さは知っている。だから、人に直接意見することが意味のあることだと信じる。

しかし、大人になりきれない人間は、相手に手を上げることで、相手への抗議になると思い込む。人生経験がまだまだ足らない若者は、それが解決の糸口になるのではないかと勘違いをする。

このときのオレ自身も、その中の一人だった。しかし、そのやり方はフェアじゃないと思った。ハンデを背負っているタツヤに、ハンデを背負っていないオレが殴りかかるということが、どれだけ卑劣なことか。それくらいの理性はあった。

だからオレは、タツヤに対する怒りを内に貯め込むしかなかった。

オレはなにも言わずにタツヤの家を出た。坂道を足早に半分ほど下り、坂の下の電停から電車に乗る。定期券を持ってくるのを忘れていたことに気付いたが、わざわざ家に帰るのも面倒なので、運賃箱に百円玉と五十円玉を一枚ずつ入れ、空いている座席に適当に座った。

なんだよあいつ。もう少し言い方ってのがあるだろう。

こんな、どこに向けていいのか分からない不満を発散する術もなく、オレは全身に怒りを満たしたまま駅前へと向かった。

参考書を買ったあと、ファーストフードショップで期間限定のセットメニューを食べていくつもりだった。しかし、胃袋にできていていた余裕はなにか他のもので満たされてしまったみたいで、それを食べる気分ではすでになくなっていた。オレは、まっすぐ駅前の電停に向かった。すでに十人ほどが乗車待ちの列をつくっていた電停で、坂の上へと向かう電車を待つ。タツヤの言葉が、頭の中で反芻しはじめた。・・・くそっ。

列に並んでから数分ほどで、電車はやってきた。乗り込むとき、いつも目に入ってくるのは、入口の奥に鎮座している運賃箱。オレはこの運賃箱を思いっきり蹴り飛ばしてやりたい気持ちになっていた。しかし、流石に理性がこれを止めた。

オレはその理性を精一杯働かせているつもりだったのだが、百円玉と五十円玉を入れる手に無意識のうちに力が入っていたらしい。叩き込まれたように大きな音を立てて、二枚の硬貨がベルトコンベアの上に転がった。

運転士の人がオレの顔を見てくる。そして、先に乗り込んでいた乗客の視線もオレへと集中した。とっさに俯き、そそくさと車内の後ろのほうへ行って、いちばん隅の座席に座った。

筋向いの位置からオレの表情をちらちらと窺っているおじいさんの視線に耐えつつ、坂の上へと向かった。そのおじいさんも途中の電停で降り、坂の上の電停まであと二駅となったときには、乗客はオレを含めて五人になっていた。

小島さんって、この電停から乗ってくるんだよな。

ほぼ毎日乗っている電車が、いつも停車するこの電停。全線を通して十四あるうちの一つに過ぎないこの電停を、こんなふうに意識したのははじめてだった。

坂の上の電停で電車を降りた。そろそろ、夕食の時間も近付いている。西の空へと傾いた太陽が、オレンジ色の光を放っていた。

この電停は道路の真ん中、中央分離帯に相当する位置にあるため、電車を降りて歩道に出るには歩行者信号機に従う必要がある。その信号が運良く青ならいいのだが、なぜかほとんどの確率で赤だ。

この日も例外ではなく、信号は赤だった。いつものように信号待ちをしていると、オレが乗ってきた電車とすれ違った駅前行きの電車が、この坂の上の電停を発車し、坂道を逆光の中、下っていった。

もう、長い間見ていなかった、この逆光の中の景色。

ときおり出張で家をあけていた父親。一ヶ月に一度か二度、その出張に出かけるときをオレは楽しみにしていた。

まだ弟のケンタが生まれる前、オレと母さんは、たまの贅沢といって街中に出かけ、当時駅前にあったレストランでオムライスを食べていた。ディナーセットとして、小皿料理やコンソメスープと共に出されるそれは、有名ホテルで料理長をやっていたという店のオーナーがつくるもので、料理上手な母さんがつくるそれとはまた違った美味しさがあった。

坂の上と坂の下で、生活圏は分かれている。小中学校の学区もそうだし、スーパーや郵便局、衣料品店、ホームセンターと、坂の上と下にそれぞれ生活に必要な施設は揃っている。そのため、普通に生活するぶんには、わざわざ坂を下りていく必要がなかったのだ。

そんなオレにとって、坂の下というのはまさに別世界だった。だから、その坂の下に向かう電車を、オレは母さんと一緒にワクワクしながら待っていた。坂道を電車に乗って下っていくことを、なにか特別なことのように思っていたのだ。

いつからだっけ、こんな気持ちを忘れたのは。

ゆっくりと高度を下げていく太陽をバックにして、影で輪郭を浮かび上がらせた街並み。建物の新旧こそ違えども、今も、その景色は変わっていなかった。

家に帰ると、すでに夕飯の準備は整っていた。しかし、テーブルの上に置かれたオレの茶碗の中のごはんがいつもより少ない。皿に取り分けられたおでんの量も、やはりオレの分だけ若干少なかった。

「なんで、オレのだけ少ないの？」

「なんでって、期間限定のハンバーガーセットを食べてくるって言ってたから。部活があったわけでもないのに、そんなに沢山は食べられないでしょ」

すっかり忘れていた。ハンバーガーセットを食べてくるから、夕食は少なめでいいと母さんに言ってあったことを。

「結局食べてこなかったよ。だから、いつもの量にしてくれていいよ」

そうなの、と母さんは言って、オレの茶碗の中のごはんを山盛りにし、おでんの具も増やしてくれた。

「どうかしたの？　その期間限定っていうやつ、今日までじゃなかったの？」

「まあね。でも、食欲という欲に勝るほどの悩みがあるんだよ、思春期の男子には」

その言葉に母さんは、「ふーん」と言うと、コンロの上に乗っていた鍋を持ってきて、その中に残っていたおでんの具を、オレの皿の中へおたまを使って流し入れた。

「たくさん食え、若者。そして私のようにデブになってしまえ」

オレは、なんだよそれ、と言って反論する。こんな光景を見て、隣でケンタが笑っている。

「お前もデブになってしまえー」

オレは倍ほどに増やされたおでんの皿から、とりあえず、卵とさつま揚げをケンタの皿へと移した。

「デブになるのはやだー」

嫌がりながらも笑っているケンタを見て、オレと母さんも笑った。

オレの隣に座っているおしゃべりなケンタは、「今日学校でヒロ君とねー」と学校での出来事を楽しそうに母さんに話している。食べつつ、喋りつつ、テレビを見つつ器用だな、と思う。

まあ、オレが不器用なだけなんだろうけど。

オレの向かいに座っている母さんの隣で、残り一人分の椅子がテーブルに収まっている。しかしそこに誰も座ることはなく、その椅子の前は調味料置き場になっている。まるで調味料に置き換えられてしまったような、本来そこに座るべき人。しかしこれこそが、今感じている幸せなんだろうな、と思う。

―ああなったらいけないよ―

母さんがよく口にしていたこの言葉。ああなったら、のああは父親のことだ。

オレが小学校三年のときまで一緒に暮らしていたが、この平仮名二文字で呼ばれるだけの男との間には、大した思い出がない。そして、ろくな記憶もない。

土木の仕事をしていたこの男は、毎日土っぽい臭いを漂わせて家に帰ってきた。タバコや酒の臭いも混じっていて、その、子供にとって異様とも呼べる臭いがとても不快だった。他に、この男のことで印象に残っていることといったら、外面がいい、でも家では些細なことでキレる、嫌味を言うことが口癖、性格が悪い、人の意見を聞かない。とまあ、こんなところだ。

そして、その中でも特にキレるということに関しては、オレが幼いときに見た平仮名二文字の男の姿は、嫌悪、いや憎悪に値するものだった。

ある日母さんがつくった煮物を食べたその男が味付けが薄いと言い出し、キレた。母さんにタバコの吸殻を投げつけ、大声で嫌味を連発した。

いつになったらおれの好みの味が出せるんだ。こんなもの食うぐらいだったらコンビニの安弁当のほうがまだマシだ。お前、主婦に向いてないんじゃないのか？　そうだ、お前を鍋に放り込んで出汁を取ってやる。その出汁を使えば少しはまともな味が出せるんじゃないのか？

これを、子供が見ている前で言うのだからどうかしている。

ああなったらいけないよ。母さんがよく言っていたこの言葉は、あの男に関しての記憶を伴って、オレの心の中に強く植えつけられている。

今、当たり前のように続いている幸せな日々は、一家の主がいなくなっても自らが働くことで、オレと、生まれたばかりのケンタを女手ひとつで育て上げていくという、母さんの強い決意の元にあるものだ。

だから部活で遅くなるとき以外は、食事のときは三人揃って食べるということが当然だと思っている。生活の中で唯一、家族全員が顔を合わせる食事の場。そこで、息子たちが少しずつ成長していく様子を母さんに見せてあげること。それがなによりの親孝行だと思うからだ。

ケンタは一足先に食べ終えると「ごちそうさまー」と言って空になった食器をまとめ、流し台の洗い桶の中に入れていく。そして自分の部屋に行き、学校の宿題をはじめた。

三人暮らしになってから、少々その数を持て余すようになった部屋を有効活用するために、一階の和室を暫定的にケンタの部屋にしている。そのため、聞こえてくる音で今なにをしているのかがすぐに分かる。筆箱を開けて、そして閉める音。次に本のページをめくっていく音。多分、夏休みの友をやっているんだろう。

この家は、平仮名二文字の男が建てた家だ。住宅ローンも、今もその男が払っているらしい。

母さんと離婚したあと男のほうが家から出ていったために、母さんとオレとケンタの三人が、今でもこの家に住んでいる。

　この家もくれてやる、と威勢良く言って出ていったらしいが、それが自棄を起こして思わず言ったことなのか、それともオレたち三人の今後の生活を思って言ったことなのか、そこまでは知らない。しかし仮に後者だったとしても、あの男に対して感謝する気持ちは毛頭ない。

「食欲にも勝る悩みって、なんなの？　タツヤ君のこと？」

　茶碗のごはんを口の中に運びながら、ふと母さんが聞いてきた。

「ああ、まあね。そんなとこ」

　おでんの具を口に運びながら、オレは答える。

　テレビの音だけがダイニングに響く。わずかな沈黙は、それってどんな悩みなの？　と母さんが聞いているようだった。

　だから、オレは話した。小島さんのこと。そして、タツヤとのこと。

「ああなったらいけないよ」

　母さんのこの言葉を聞くのは子供のとき以来だった。

　嫌味を言うようなヤツになったらいけない、ってことか…。

「うん、わかってる」

　簡単な返事だけをして、オレは食事を口に運び続けた。

　その後二人は何も話さず、夕飯を食べ終えた。母さんは椅子から立ち上がりながら、「テーブルの上、片付けちゃうから」と言って空になったオレの食器を見る。「ああ、ごめん」と言ってオレは自分の食器を積み重ね、母さんに渡した。

一気に皿やら茶碗やらで賑やかになった洗い桶の中身を、母さんは水と洗剤を含ませたスポンジを使ってリズミカルと表現してもいいような手際の良さで片付けていった。

テレビでは、バラエティ番組がはじまった。面白いのか面白くないのかよく分からないまま、オレは冷茶が入ったコップを傾けながら、なんとなくテレビに目を向けていた。

洗い物の音が終わり、冷蔵庫を開ける音がした。

「そういえば、これご近所さんから貰ったの。食べる?」

そう言って温泉饅頭の箱をオレに見せてくる。

「うん」とオレは適当に返事をした。その饅頭に興味がなかったのではない。饅頭を食べるという行為に対して、興味が沸かなかったのだ。

あれだけ仲のよかったタツヤは、もはや反面教師になってしまった。最も責められるべき人間は誰であろうと、タツヤは平仮名二文字の男と同列に扱われるようになってしまっていた。そのことがなんだかとても残念に思えてならなかった。

母さんは温泉の地図記号の焼印が押された褐色の小さい饅頭を四つ、適当な大きさの皿に並べ、冷茶の入ったポットと共にテーブルの上に乗せた。

適当だったとはいえ、食べるという意思表示をしてしまった手前、食べないわけにはいかない。オレはポットの冷茶を、それがなくなりかけていたコップに注いで少し飲んだあと、一口サイズの饅頭を手に取って口の中に入れた。　すると中身の餡子が爽やかな甘みを舌の上に広げた。

なかなか美味い、と思いながらも無表情なオレを前に、母さんは「うん、なかなかね。もう一個もらうね」と、一つ目を食べ終えるとすぐに、二つ目の饅頭を手に取る。

「太るぞ」

「和菓子ってカロリー控えめなのよ。それに小豆を原料にしてる餡子は脂質をほとんど含まないしね」

そう言って二つ目を頬張った。

「ふーん、そうなんだ」

オレがもう一個の饅頭を食べ終えて冷茶で喉を濡らしているとき、母さんがふと言った。

「男は女の助けがないと生きてゆけない。女は男の助けがないと生きてゆけない。そういうものなんじゃないの？　だから、互いに大事にしてあげなきゃいけないの」

饅頭が乗っていた皿を洗いながら、オレに背中を向けたまま言った。

「分かってるよ」

オレはテレビを見ながら言った。でも本当は分かってなかった。もし分かってたら、小島さんのことをもっと大事にしてるから。一丁前に女の子と友達になっていながら、そんなことすら分かっていなかった自分が情けなく、そして恥ずかしかった。だから、せめてもの強がりだったのだ。

なぜかその皿を洗い続ける母さんは言った。

「タツヤ君の苗字、和田っていうのよね？」

「そうだけど。なんで？」

「雄大とタツヤ君、血が繋がってるの」

オレは、「は？」と言って母さんの背中を見た。

「雄大とタツヤ君の血は繋がってるの。あの男が、私のほかに付き合ってた人とつくった子供、それがタツヤ君なの」

一回目で、しっかりと聞き取れていた。なのに聞き返したのは、普通では考えられないようなことを告げられ、しかしそれを事実として理解する前に、自分の聞き間違えではないことを確認しておきたかったからだ。

「妊娠させておきながら姿を消した男を誘き出す目的で、ある人がこの街にきて喫茶店をやってる。そんなことを風の便りで聞いたことがあったの。その人の苗字が和田っていうのも聞いたことがあった。まあ、あの男から聞き出して知ってたからね、愛人の名前は。それに、その人が喫茶店をやってるっていうのも」

タツヤのお母さんの話を思い出した。

―あの男がふらっと来ることを考えて、喫茶店を友人から継いだ―

タツヤのお母さんが言っていた、あの男。それはオレの父親のことだったのか。

平仮名二文字の男がしたこと。そんなことはもう、どうでもよかった。息子の目の前で妻にタバコの吸殻を投げつけ、嫌味を浴びせかけるような人間だ。それくらいの非人道的なことは平然とやってのけるだろう。あの男の素行に、もはや興味はない。

問題は、タツヤと血が繋がっているということだった。

あの仲の良かったタツヤと、一緒にサッカーをやってきたタツヤと、実は血が繋がっていた……。

「ずいぶんとサラっと言うんだね、そういうことを」

オレは精一杯、平常心を装って言った。

「だって、サラっと言わなきゃ私だって言いにくいもの」

「そっか。まあ、そういうもんだよね」

母さんはさきほどの皿を、とっくに汚れは取れているのにいつまでもスポンジで擦っていた。

オレは、さすがに今は、いつもと同じ精神状態ではないのだろう。

オレは、タツヤと出会ってから今日までの日々を、まるで走馬灯でも見るように思い出していた。

そして記憶は、今日、タツヤと会ったところにまで辿りついた。タツヤに言われたあの言葉も蘇ってくる。そして同時に、内に貯め込んでいた怒りも蘇ってきた。

しかしこの怒りはすぐに、異なるものへと形を変えた。悔しさだった。

オレとタツヤは腹違いの兄弟だった。だから悔しかったのだ。その兄弟にあそこまで言われたことが。

6

　次の日も部活の練習はなかった。昨日から三日間はサッカー部をはじめ、全ての部が練習も夏休みの状態になっている。お盆休みでもあるため、家族との用事を優先するようにとの理由だ。

　この日も午前中は家で勉強をしていた。そしてお昼前に二人分の食事を作り、ケンタとお昼ご飯を食べた。

　食後、オレは小島さんに電話をかけることにした。いや、かけなければいけない、と思った。

　ケンタが友達の家に遊びに行ったあと、オレはケータイに入っている小島さんの番号を呼び出し、通話ボタンを押した。

「もしもし」

「もしもし、雄大だけど」

「渡辺君。どうしたの？」

「あのさ、今日の六時ぐらいから、時間取れないかな？」

「六時から？　いいけど、どうして？」

「一緒に、マグーナに行かない？　別にイベントがあるってわけでもないんだけどさ。よかったら、と思って」

顔の表面の温度が上がっていることが、自分ではっきり分かる。はじめてだった、こんな感覚。

「兄ちゃん顔赤いよ」

遊びに出掛けたはずのケンタが、楽しそうにオレの顔を見ながら小声で言った。オレは
「ちょっとごめん」と言って、ケータイの下のほうを手で覆う。

「あれ？　遊びに行ったんじゃなかったのか？」

「友達から貸して欲しいって言われてたゲームソフトがあるんだけど、持ってくの忘れちゃったから戻ってきた」

そう言って、ソフトが入ったＣＤケースを見せてくる。

「そうだったんだ。でも、兄ちゃん電話中だから、な」

早く行くように、と言わんばかりの目でケンタを見る。

「はーーい」

冗談っぽく返事をしながら、また出掛けていった。

電話に神経を集中しすぎて、玄関の扉が開いた音に気付かなかったらしい。防犯上も問題ありだ。これからは気を付けよう。

「あ、ごめんね。弟が話しかけてきちゃって」

「ううん。でも渡辺君、顔赤くしてたの？」

面白そうにも嬉しそうにも聞こえる声が、電話の向こうから聞こえてきた。ケンタの小声をこのケータイはしっかりと拾っていたようだ。

「え？　あ、いや別に」

否定なのかなんなのかよく分からない言葉を返したあと、改めて聞いた。

「今日、二人でマグーナ行こうよ」

「うん、いいよ。嬉しいな、渡辺君から誘ってくれるなんて」

小島さんの声は、本当に嬉しそうだった。

「じゃあ六時ごろ、電車に乗るとき電話するね」

「うん、分かった。待ってる」

アバウトな約束ではあるが、○時○分の電車、という指定ができないのだから仕方がない。

夕方、仕事から帰ってきた母さんに伝えておく。

「今日、六時から友達と約束しちゃってさ」

「そうなの。友達って、タツヤ君のこと？」

「いや、タツヤではないんだけどね」

母さんは「ふーん」と言っただけで突っ込んで聞いてくることはなかった。

「ご飯はどうするの？　食べてく？」

「とりあえずいいよ。外で食べてくるかも知れないから」

「わかった。でも、あまり遅くならないようにね」

オレは「ああ、わかってる」と言って部屋に戻り、テレビを見ていた。

時計の針が六時少し前まで進んだころ、オレは家を出て電停に向かった。

ケンタはじきに友達の家から帰ってくるだろうが、電話中に顔を赤くしていたことが母さんに伝わるのは時間の問題だ。あれこれ詮索されるかも知れないが、別にやましいことをするわけではない。だからいっそのこと、大いに喋っちゃってくれ、ケンタ。

電停に着いて西のほうを見ると、今日も変わらない景色が視界いっぱいに広がった。そして東に目を向けると、淡いオレンジ色に染まった家並みの中を、夕日を浴びた電車がゆっくりとこちらに向かってきていた。

子供の頃に見た景色が、オレを包んでいた。

小島さんが乗ってくる電停はこの位置からでも見ることができる。七、八百メートルほど先にあるのだが、この坂の下、二つ目の電停にかけてレールはほぼ直線に伸びている。そのため、この懐かしい景色の中に、その電停は存在しているのだ。

電車の到着をワクワクしながら待っていたあの日のオレ。懐かしい記憶と小島さんの存在が、今、心の中でダブった。

「もしもし、オレだけど。今から電車に乗るから」

「うん、分かった。じゃあ、電停で待ってるね」

短い会話だけを交わしたあと、オレはやってきた電車に乗り込み、車内の真ん中辺りに座った。

電車というものは、車両の真ん中辺りがいちばん乗り心地がいい。車両の両端についている台車を揺れの源として、上下左右に車両が振られる。そのため、両端の揺れの支点となる中心付近が、揺れがもっとも軽減される場所なのだ。

坂を下る電車の中にあって、揺れはあまり大きくは感じなかった。今のオレには、揺れは必要ない。あのころの記憶、そしてこれから作り出されていくだろう記憶、それぞれを大切にしたかったたからだ。

二つ目の電停に着くと、小島さんが乗ってきた。

「ごめんね、突然呼び出しちゃって」

「ううん。ぜんぜん構わないから」

そう言ってからオレの隣に座った。

「そういえばさ、門限って大丈夫？」

「うん。友達の家に勉強教えに行くって言ってある。だから、八時ぐらいまでに帰ってくれば大丈夫」

帰りが遅くなるということは、オレも小島さんも、もう分かってる。

マグーナに着いたころには太陽は西にある小高い山の裏に隠れ、影が掛かっていない遠くの海だけが、ダイヤモンドのようにきらきらと輝いていた。

「ご飯って、もう食べてきた？」

「ううん、作ってもらってある。帰ってから食べるって親に言ってあるから」

「そうなんだ。じゃあ、飲み物だけでいい？」

うん、と言った小島さんと売店に行ってパック入りの紅茶を買い、海に向かって設置されたベンチに、二人並んで座った。

遠く西の空にある太陽が地平線の向こうへ姿を隠すと、空は夜の色へと近付いていく。残光で鈍く輝く海は次第に夜の色の中に紛れていき、園内にぽつりぽつりと立つ明かりが、闇に浮かびはじめる。じれったいほどにゆっくりと飲んでいたパックの中身がようやく空になった。人影も疎ら。二人だけの時間はゆったりと流れていく。

オレと小島さんはキスをした。闇に溶けていく公園に紛れて、二人はひとつになった。

タツヤがいなくなり、クラス替えで友達がいなくなり、その穴埋めのために小島さんと一緒になった。オレにだって女はいる。デートだってする。そんな自己満足に浸ったこともあった。そして小島さんの心の内を理解しようともせずに一緒に居続けた。それらすべてを、心の底から詫びたかった。小島さんと深くつながることは、今までの行いに対しての謝罪になる。そう信じた。

決して、タツヤの代わりではない。高校生活を豊かなものにするための大切なパートナーだ。だから、大切に愛おしむ。それは当然のことだと自分に説得し、納得した。

ゆっくりと唇を離し、二人、海のほうを見る。

生まれて初めてのキスだった。だから、前にドラマで見たキスを真似るのが精一杯だった。唇を重ね合わせるところまでは上手くいったのだろうが、その先は分からない。下手くそなキスだったのかも知れない。だけど、小島さんの唇はオレの唇を静かに、そして柔らかく受け入れてくれた。

すっかり闇に染まった時間の中で、オレは小島さんの肩を抱いていた。女子にしては結構がっちりしているように見えた肩も、意外に細く、そして小さかった。

母さんが、ああなったらいけない、と言ったのは、嫌味を言ったタツヤを平仮名二文字の男と重ねたということではなく、オレに女を大切にできる男になれ、と伝えたかったからなのかも知れない。小島さんの小さな肩に触れたとき、母さんの言葉の意味がようやく分かった気がした。

帰りの快速電車の車内、二人がけのクロスシートに並んで座る。

「あのさ、小島さんの名前って、由香《ゆうか》だよね」

「うん」

「これからは、由香って呼んでいい？」

「うん。じゃあ私も、これからは雄大って呼んでいい？」

「ああ」

甘い時間の余韻に浸りながらの会話。しかしやっと、ただの友達ではなくなった瞬間だった。

家に帰って近くのコンビニで買ってきた弁当を一人で食べたあと、自分の部屋に行ってぼーっとテレビを見ていた。すると、二階へと登ってくる足音が聞こえた。

「兄ちゃん、どうだった？」

ケンタは部屋に入ってくるなりそう聞いてきた。

「なにが？」としらばくれるオレに「デート」と楽しそうな顔をしながら言う。

「どうって…。まあ、しっかりと愛を育んできたさ」

「愛を、はぐくむ？」

オレは少し意地悪をした。小学校三年生ではまだ、育むの意味は分かるまい。

二人の大事な時間。その余韻に、もう少し浸っていたかった。根掘り葉掘り色々と聞かれてしまうことで、その余韻が薄らいでしまうのを避けたかったのだ。

ケンタは分かったような分からないような顔をして、「ふーん」と言った。そんなケンタにオレは聞いた。

「でさ、母さんに言っちゃった？　あのこと」

「あのことって？」

「ほら、兄ちゃんが電話で喋りながら顔を赤くしてたこと」

「言うわけないじゃん。だって、兄ちゃんとぼくの、ひ・み・つ」

そう冗談っぽく言ったあと、明日の朝友達のヒロ君とクワガタ取りにいく約束してるからもう寝るね、と言って自分の部屋に戻っていった。

ありがとな、ケンタ。でも、しっかりと愛を育んできたということは、オレから母さんに言っておくことにするよ。

次の日、さっそく母さんに言った。すると母さんは「そうなの、良かったわね」と言ってとても嬉しそうな顔をした。

ありがとう。母さんが本当のことを教えてくれたおかげだよ。

タツヤとは……まあ、そのうち、な。

人前では、由香とはあくまで友達である、ということを装っていた。

彼氏と彼女の関係になったからといって変にイチャつく必要などない。心の中ではしっかり通じ合っている仲のいい男子と女子。これが、高校生らしい健全な愛だと思っている。

夏休みの最終日となった日曜日、オレは由香を再びマグーナに誘った。

売店で売っていたクレープを食べて、マリーナをバックにケータイのカメラで二人並んで写真を撮って、そして、二人で観覧車に乗った。

二人で地平線に近付いていく太陽を見ていた。向かいに座っている由香を見ると、顔がオレンジ色に染まっていた。その横顔は、普通にキレイだった。

「将来、結婚しようよ」

「気が早いって。なに言っちゃってんのー？」

「確かに気が早すぎるよな。ごめん、なに言ってんだろオレ」

ほんとにそうだ。なに言ってんだ？　オレ。

あまりに可笑しな会話に、二人で笑った。

でも、もしかしたら本気だったかも知れない。そして、そのもしかしたら本気、なんてものを由香も感じ取ったのかも知れない。静かな時間が、ゴンドラの中に流れはじめた。

オレたちが乗ったゴンドラは頂点を過ぎ、ゆっくりと下りはじめる。

分かってる。高校卒業後すぐに結婚するというなら別だが、オレと由香は共に、高校を出てからも学業を続ける身。学生になれば新たな生活がはじまり、新たな友人ができ、そして、新たな恋人もできるだろう。それが分かっているから、人は高校を卒業すると同時に平和的に関係を解消し、互いの道を歩みはじめるのだ。これは、相手に対する思いやりなのだと思う。

一目惚れでそのまま交際がはじまり、やがて結婚する人もいる。当然それは、恋の本来の形として理想なのだろうし、一途な恋としてまるでドラマや小説のような感動的な物語になるのだろう。

しかし、オレも由香もまだ高校生だ。これから様々な人と出会い、様々な経験をしていくのだから、今の関係を頑ななまでに守らなくてもいいのだ。だから、友達のような恋人のような、そういう関係で居続けるのだ。

これは決して罪ではない。相手のこれからの生活への気遣いなのだ。

オレも分かってる。由香も分かっているはず。たった一年半で終わってしまう運命にある淡い恋だということが。だから、「結婚しようよ」「うん、将来必ずね」なんて無責任な約束を、この歳で交わすことなどできないのだ。

ゴンドラが半分ほど下ったところで、太陽が山の影に隠れた。

「かき氷、食べてこうよ」

静かな時間を由香が止めてくれた。

「そうだね、そうしよう。それにしても、この中ってけっこう暑いね」

今年は比較的涼しい夏だったが、やはり西日を浴びていたゴンドラの中には夏らしい空気が満ちていた。

「窓が開けば、風が通ってけっこう涼しいと思うんだけどね」

「観覧車の窓が開いちゃったら怖いじゃん」

「そう？　けっこうスリルあっていいかもよ？」

「百パーセント勘弁だな、オレ」

するとと由香がいたずらっ子のような顔をした。

「もしかして雄大って、高所恐怖症？」

「ああ、そうだよ」

オレは堂々と答えた。別に高所恐怖症は恥ずかしいことではない。自らを危険から守る防衛本能が、人より敏感だということだ。すなわち危険を回避し、安全を保つ能力に長けているということだ。オレはそう思っている。

「でも、高所恐怖症なのによく観覧車乗ろうなんて言ったね」

「だって、落ちることなんてまずないじゃん。ゴンドラの中にいるんだし」

「強風とかで、あの辺の鉄骨がボキって折れてゴンドラごと落っこちるかもよ」

由香は楽しそうに言っている。

「そんなことないって」

オレは笑いながら返す。そんなことない。多分。

「でもオレの場合、マンションの非常階段とかは絶対ムリだけど、バンジージャンプとかああいうのは平気だよ」

「なんで？　あれって実際落ちるじゃん。怖くないの？」

「だって、ゴムで繋がれてるわけだから、落ちていってそのまま地面に叩きつけられることはないよね？　要は、安全が確保されてさえいれば、いくら高いところでも恐怖は感じないよ。このゴンドラもまさにそうだし」

「ふーん、そういうものなんだ」

由香は納得したように首を縦に振りながら言う。

「だからビルの建設現場とかメチャメチャ高いところに連れて行かれたとしても、そこで作業してる人が、腰にロープくっつけてるよね？　ああいうのがあれば、全然大丈夫なんだ」

「ああ…、そういえば、なんかくっつけてるよね」

由香は頭の中で、ビルの建設現場で働く人を想像してくれているのだろう。

オレは建設工事の仕事をしている親戚のおじさんから聞いて、安全帯というものの存在を知っていたのだが、普通はそんなものを知らないはずだ。そもそも知っている必要がない。自分の感覚で話を進めてしまったことを心の中で後悔しつつも、由香の返事を信じて続けた。

「あのロープを付けてれば、もし足を滑らせたとしてもそのまま地面まで真っ逆さまなんてことはないから。だからオレ、あれ付けたらビルの鉄骨の上を綱渡りの要領で渡って楽しんでるかもよ」

「うそー。私だったらそれこそ怖くてできないと思う」

「でもそのロープがなかったら、怖くてそこに近付くことすらできないだろうけどね」

「へー。なんか、雄大って変わってる」

「そうかな？」

楽しそうに話す二人の間に、もう静かな時間はきれいさっぱりなくなっていた。

これでいい。友人のような恋人のような関係。これが、高校生の健全な愛なのだ。

二人でかき氷を食べ、会話を連れて帰路についた。

帰りの快速電車の中でだった。駅到着まであと数分という頃、後ろのほうの車両から何やら聞き慣れない音が聞こえだした。それは、なにかを叫ぶような声にも聞こえた。そしてその音はこちらに少しずつ近付いてきているようだった。

なにが起きているのだろうと、オレはシートから体を横へずらし、後ろを振り向いた。

オレの他にも数人の乗客が同じ行動をしていたが、その数人の頭と貫通ドアのガラス越しに見えたのは、このすぐ後ろの車両で、顔を赤くした四十代ぐらいのオジサンがふらふらと歩き、なにかを叫びながらこちらへ向かってくる光景だった。

オレの頭の後ろから、同じく後ろを見ようとした由香。オレはその由香の肩を、窓側へ押し戻した。

「変な奴がくるから、目合わすな」

そう言ってオレも体勢を戻した。

「何なの？　一体」

由香が怪訝そうにオレに聞いてきたときだった。

貫通ドアを勢いよく開ける音と、そのすぐあとに、そのドアがストッパーに思い切り当たる音が車内に響いた。

この車両に乗り合わせていた人たちは、その音を聞いてざわざわしはじめた。みな一様に後ろを振り向くが、そのオジサンを見てすぐに体勢を戻す。関わらないほうがいい。そう思うのは当然だ。

一体なにを叫び出すのだろうと思っていると、別の人の声が聞こえてきた。

「ですからお客様、安全確保上重要なことですので申し上げさせて頂きました」

先ほどはこのオジサンの後ろに隠れて見えなかったが、この列車の乗務員のようだ。

「らからぁ、間に合いそうもなかったからぁ、急いで飛び乗ったらけらろぉ」

呂律が回らない舌を使って発する言葉が、車内に響く。どうやら駆け込み乗車を注意されて逆ギレしているようだ。

車両の前のほうへと歩いてくるオジサンはその歩みを一向に止めないようで、その足音が徐々にオレたちに近付いてきた。

「ですから安全確保上、やめて頂きたい行為なんです」

「らからぁ！　おれは客なんだよ。お客様！　そのお客様に対して偉そうな口きいてんじゃねえよ！」

自らの立場を盾にすれば、何をやっても許されると思っている人種はときおり見かける。この極端な例だろう。

「お客様の安全を守るのも我々の仕事なんです。どうかご理解ください」

次の瞬間だった。オレたちが座っているシートの背ずりに、なにかとんでもない衝撃が加わった。オジサンがシートを蹴り飛ばしたのだろう。

「この野郎ぉ！　おれはお客様なんだよ！　もっと丁重に扱え！」

あまりの衝撃と叫ぶような大声に、由香が「きゃっ」と悲鳴を上げる。オレは真横まで歩いてきていたそのオジサンを睨みつけた。

「なんらぁ小僧！　文句あんのかぁ！」

その言葉を吐いたあと、オレの顔面に向かって拳を飛ばしてきた。オレはその拳に向けて咄嗟に手を開いた。

手の中で止まった拳に思ったほどの力はなく、手に伝わった衝撃も想像したほど強いものではなかった。

すると直後、すぐ後ろにいた乗務員がオジサンの両腕を取ってその体の後ろに回した。若い色白の乗務員だったが、まるで暴れる犯人の動きを封じる警察官のように、両手首をがっちり掴み、それを少し上に上げるようにして上半身の動きを封じていた。

そのまま車両の真ん中のドアまで歩かされていったオジサンは、さきほどまでの威勢の良さとはうって変わって、すっかり大人しくなっていた。

「暴力は犯罪ですからね！」

乗務員の強めの口調に対しても無言だった。

乗務員はズボンのポケットから、［業務用］と黄色いステッカーが貼られたケータイを取り出した。

「先ほど連絡したお客様トラブルの件ですが、…ええ。車内で暴力行為があったので確保しました。…はい、一両目の中央のドアです。お願いします」

電車は速度を落としはじめ、窓の外にはホームの蛍光灯の明かりが流れはじめた。

「らからぁ、トイレはどこなんらよ」

「トイレはいちばん後ろ、六両目の車両にあります。でももう駅に着きますから、駅のトイレに行きましょう」

最後の抵抗だったのだろうが、今のやりとりからして、このオジサンがトイレの場所を聞いたのは今がはじめてだろう。前へ前へと歩いていたのはトイレを探していたからか。まあ、どうでもいいが。

電車は駅に到着し、ドアが開いた。ドアの外では数人の駅員がすでに待機しており、オジサンはそちらへ引き渡されると、両脇を固められてすごすごと歩いていった。四十代のサラリーマン風の男の背中に、大人の貫禄といったものは微塵も感じられなかった。

酒は適量であれば人を楽しませてくれるもの。しかし飲み過ぎると、あのようになってしまう。公共の場というのは、社会勉強の場でもある。

由香は一連の出来事をオレの横で不安そうに見ていた。

「大丈夫だった？」

「うん」

オレは由香の手を取って立ち上がる。電車を降りてホームを歩いていると、先ほどの乗務員が後ろから走ってきた。

「お客様、先ほどは大変申し訳ありませんでした。お怪我はございませんか？」

人の良さそうな顔が、オレたち二人を見ていた。

「ええ、大丈夫です。ありがとうございます」

オレがそう言ったあと、由香は無表情のままその乗務員に軽く頭を下げた。先ほどの恐怖がまだ忘れられないようで、すっかり元気をなくしていた。

オレたちは駅前の電停に向かって歩いていく。このときも、由香はずっと無言のままだった。坂の上に向かう電車に乗り込んだ。夏休み期間中の夕方過ぎ、車内には乗客が数えるほどしかいなかったが、その数人の乗客に車内の真ん中辺りの席は取られていたので、オレと由香は車内の後ろのほうの席に並んで座った。

電停を出発して、駅前通りを東へ。大きな交差点を北に曲がり、国道と交わる交差点を再び東へ曲がる。国道の真ん中を車に混じって走り、市役所の前を通って国道と別れるY字路へ。そしてこのY字路を、坂道を登る道の側へと入るとすぐに、由香の降りる電停がある。

しかしその電停に着いてドアが開いても、由香は電車を降りなかった。

オレには、由香がそうした理由がなんとなく分かった。だからオレは、あえてなにも言わなかった。

　ドアが閉まり、電車はゆっくりと動き出す。三百メートルほど走って次の電停に停まり、乗客一人を降ろす。車内の乗客は、オレたちと、少し離れたところに座っている二人だけになった。

　再び電車は動き出し、そして、坂道を登りはじめる。心地よい揺れは、オレと由香の体を軽くぶつけさせた。

　由香にはオレがいる。オレには由香がいる。

「もう大丈夫だよ」

「うん」

「怖かった？」

　由香は体を傾け、オレに寄り掛かってくる。オレは由香の肩を、そっと抱き寄せた。

　電車は車体を揺らしながら坂をゆっくり登っていき、一分ほどで坂の上の電停に到着した。オレは由香の手を取る。そして二人で電車を降り、信号待ちで足を止めた。

　太陽は姿を消したものの、遠く西の空には昼間の色がまだ残っていた。

　残光で車体を鈍く光らせ、車内の蛍光灯とテールランプの明かりを残し、電車は車の流れと家並みの中に消えていった。

　信号が青になり、道路を渡った。オレはずっと取っていた由香の手を離す。

「今日はありがとう、嬉しかった」

　由香の顔に、いつもの笑顔が戻った。

「よかったら送ってくよ。だいぶ暗くなっちゃったし」

オレもいつもの笑顔で言った。

「ううん、大丈夫。じゃあ、また明日ね」

「うん。じゃあ、また明日」


二学期初日の朝、電車に乗り込んできた由香はいままで通り友達と楽しそうに喋っていた。バスターミナルでオレと顔を合わせたときも、いつもの笑顔で迎えてくれた。オレたちはいままで通りの関係で居続けた。心の中では常に、繋がっていながら。

その年の冬のことだった。

「昨日、サッカーの試合あったんだよね。結果、どうだったの？」

はじめてだった。由香が試合結果を聞いてきたのは。

今回も、オレから言い出すことはなかったので、良くないほうの結果だと分かっていたのだろう。そのため、オレの表情を伺うような感じで聞いてきたのが言葉の端々からも、顔の表情からも読み取れた。

「準決勝まで行ったんだけどね、結局負けたよ」

「そうなんだ」

夏の大会のときもそうだった。今回もそうだった。ここ数年、県大会では決まって準決勝敗退という結果が続いていた。

毎回、あと一歩のところまで行く、というこの高校のサッカー部の伝統みたいなものは、既に学校中に知れ渡っていることだし、当然それは由香も知っているだろうことだった。

だから、その伝統を未だしっかり守り続けてしまっている部に所属していることを、なんだか恥ずかしいと無意識に思っていたのかも知れない。まるで腫れ物でも触るかのような感じで聞いてきた由香の表情が、それを教えてくれた。

7

オレたちは三年生になった。

学年が上がるときにクラス替えは行われず、由香との関係は変わらず続いていた。サッカー部では、かつてのタツヤのポジションにオレと同じ学年の控え選手が新たに据えられた。しかし試合結果は、ベスト4止まりという結果が変わらず続くことになった。

オレは試合結果を由香に話すようになった。そして、「でも、ベスト4まで行くってすごいな。うちのソフトボール部って弱小チームだから」と由香も自分の部活のことを話すようになった。

試合の勝敗だけを必要以上に気にするあまり、オレは由香のリアクションで傷付くことを恐れていたのだ。由香の気持ちも知らないで。

月日が進んでいく度、二人のあいだの淡い関係に、終わりが近付いてくる。しかしそんなことを二人が実感するはずもなく、分厚い小説のページのように、いつまでも続きそうな日々は続いていく。

いつかは終わりがくる。そんなこと、わざわざ実感などしなくていい。今のこの時間を、楽しんでいればいい。

しかし、分厚い小説にもいつかはラストが訪れるように、今のこの時間も、いつかは終わる。でも、そんなことを考えながら今を過ごすなんて、つまらない。終わってしまうことを意識しながらその時間を過ごすなんて、寂しすぎる。

それはきっと、日常生活の中で、喜怒哀楽を繰り返すこの世に生きる誰もが、分かっていること。分かっていないようで、皆、実は本能で理解していること。

ページをめくり続けるように、オレの、由香との時間も過ぎていった。夏が過ぎ、秋がきて、そして秋が過ぎ、冬がきた。

十二月のある日。オレたち三年生にとって負ければ即引退となる、最後の県大会準決勝の日。変わらず練習に打ち込んでいた。土曜日の市民グラウンドでの自主練習もずっと続けていた。今回こそは悪しき伝統を打破してやると、チーム全員が意気込んでいた。

しかし結果は言うまでもなかった。今回も、ベスト4止まりだった。

二対一という得点差を見ると、実力はほぼ同等なのだろう。だから思った。タツヤがいれば、優勝も夢ではなかったのかも知れないと。

あの三人組の一人の言葉を思い出した。確かにその通りだった。タツヤがこのチームにいれば、オレたちの目標は叶っていただろう。それは、言われなくても誰もが分かっていることだった。同じ結果を残し続ける度に、オレ自身が、そしておそらく皆が、実感していたことだった。

しかし、それを認めたくはなかったのだ。

タツヤが活躍し、そして自分たちが優勝し、全国への道を歩んでいく・・・。これは想像ではない。もはや妄想なのだ。だから、そんな妄想に酔っている暇があるのなら、自分を高めるための努力をし続けていたい。そんな暇を与える隙もないぐらいに努力を続けることが、妄想の世界へ逃げようとする自身の心を現実の世界に留めておく唯一の方法だったからだ。

しかし今、引退試合を終えて、張り詰めていた糸がようやく緩んだ。

オレたち三年生は、監督の指示で選手控え室に集まった。

「結果はベスト4止まりだった。でも、チームで一丸となって目標に向かって努力していたという事実は、なにごとにも変えられない大切な財産だ。確かに、優勝にまで行き着くことはできなかった。でも、ベスト4になることはできた。今この瞬間も、今回勝ち抜いていった高校を、そしてこの高校を越えるべく、懸命に練習を続けている生徒は山ほどいる。その中にあって、何度もベスト4という座を守り抜いたのは、他でもない、お前たちだ」

そして監督は、生徒全員を見渡して言った。

「今までおれに付いてきてくれて、ありがとう」

すると、監督がオレの目に、そっと視線を合わせてきた。そして、表情筋をわずかに弛緩させた。

監督のその表情を見るのは、一年生のときに、ものまねを褒められたとき以来だった。オレは、監督に笑顔を返した。

オレのその表情を見たあと、監督はすぐにいつもの顔に戻ってオレから視線を外した。

「以上」

そう言うとすぐに、控え室の扉に向かって歩きはじめた。オレたちはその背中に向かって、

「ありがとうございました」と声を揃えて言った。このとき、オレは気付いた。それは、こういう言葉は意識して口から出すものだと思っていたのに、実はこの言葉は、意識せずとも自然と口から出てくるものだったということ。この集団の中にいることによって、そしてこの監督を目の前にして、気付いたのだ。いや、この集団が、この監督が、気付かせてくれたのだ。

試合の勝敗は、部活動に参加することの価値を絶対的に決めるものではない。試合に向けて地道に練習を続けることで、試合の勝敗にも勝る大きなものを得ることができる。それこそが、部活動に参加することの価値なのだろう。


校庭の桜の木がピンク色に染まった頃、オレたちは卒業式を迎えた。

朝、母さんと家を出て電車に乗る。朝のラッシュ時間帯でもあるため、席はびっしり埋まっている。オレと母さんはつり革に掴まって立っていた。同じ中学出身の二人も乗り合わせたが、母親たちが軽く挨拶を交わすのと同様、オレとその二人も軽い挨拶を交わすだけだった。

坂の下、二つ目の電停に着くと、由香が母親と二人で乗り込んできた。いつも一緒だった二人は別の電車なのか乗ってはこない。オレと由香は互いに目で挨拶を交わし、そして互いに他

人のふりをする。そんな二人を乗せた電車は、いつも通り十分ほどで駅前に着いた。

　電車を降りてバス停まで歩いていった由香は、その停留所の前で母親になにかを話すと、自販機のほうに歩いていく。

　オレはそれを見て、母さんに言った。

「ごめん母さん、ちょっと先に行っててくれないかな」

「どうして？」

「仲のいいコがいてさ、そのコと二人でバスに乗っていきたいんだよ」

「それってもしかして、前に話してたコ？　最初はなんとも思っていなかったっていう」

「うん、まあね。だから、いいかな？」

「もちろんいいわよ。じゃあ先に学校に行ってるけど、乗るのは岬行きの急行バスでいいのよね？」

「そう。七時三十五分発のがあるから、それに乗って行ってよ。オレたちはその次のバスで行くから」

「わかった」と言うと母さんは、右手の拳でガッツポーズをつくり、ファイト！　と言わんばかりの顔をする。別にこの期に及んでプロポーズとかするわけじゃないって。

　自販機の横で由香は待っていた。オレの姿を見つけると、軽く手を振ってきた。

「待った？　わけないか。今来たばっかだもんね」

　由香が笑う。

「いよいよ卒業だね」

「ああ。なんか、あっという間だったな」

「そう？　私は、案外長く感じたかも」

「そこは、あっという間だったって言おうよ。なんかオレとの日々が退屈だったみたいじゃん」

「なにそれ、考え過ぎだって」

二人で笑う。

卒業の日の朝にこそ、いつも通りでいようとオレは思っている。由香にもそう思っていて欲しい。

母さんと由香の母親を乗せたバスがターミナルを出ていったのを見て、オレたちはバス停に向かった。次のバスは十五分後。しかし時間に余裕をもって家を出たために、そのバスで学校に向かっても卒業式には充分に間に合う。

オレたちは以前に約束しておいたのだ。卒業式の日は、二人で学校に行こうって。

学校に着いたら、二人きりの時間はない。それに、卒業式が終わったらサッカー部の連中と集まることになっている。そのまま街中に繰り出すという先の見えない予定に引きずり込まれる可能性が高いゆえ、今日、二人きりになれるのはバスの中しかなかったのだ。

卒業したら、互いに遠くの大学に進学する身。引越しに備え、家具や家電の購入、それに進学先でのアパート探しと、なにかと忙しくなるだろう。だから、ゆっくりと二人の時間を過ごすということは、これからは難しくなるのかも知れない。そして互いに遠くに越してしまうのだから、もしかすると、もう会うことはないのかも知れない。

新たな生活をはじめるためには、今の生活を終わらせないといけないのだ。高校で知り合い、仲良くなって、心を繋げた。だから、楽しい高校生活だったといつか振り返ることができるように、高校卒業と同時に、今の生活に別れを告げよう。これが、オレと由香で納得し合った、互いの美学の共通点だった。

バス停に二人で立って、時刻表を見る。この路線、ここ数年間はダイヤ改正が行われていないため、三年前と時刻表に書かれている数字は変わらない。入学式の当日、期待と不安を抱えながら乗ったバスの時刻も、朝練がはじまって学校に早く行くようになったときに乗ったバスの時刻も、変わらずにそこにあった。

「私のこと、最初どう見てた？　こうやって話をするようになる前」

「同じ学校の女子だなあって」

「やっぱりそうだったんだ。多分そうなんだろうなって思ってた」

「由香は、どう見てたの？　オレのこと」

「同じ学校の男子だなあって」

「ははは、やっぱり」

一目惚れだとか運命を感じただとか、そういったことではない場合、これが普通なのだろう。別に珍しいことでもないし、まずい空気が流れていたというわけでもない。しかしその後、こうやって二人は繋がったのだ。それでいい。結果オーライだ。

バスを待っている間、オレたちはいつものようになんでもない話をしていた。そして、次のバスの発車時刻である七時五十分の数分前。折角自販機の横で待ち合わせをしてたのに、なんで飲み物を買わなかったのかな、という話になった。

「由香の分も買ってくるよ。なにがいい？」

「大きいペットボトルでもいい？」

「マジで？」

「うそ」

こんなことを言って、また二人で笑う。でも、だからいままでずっと、二人でいたのだ。こんな雰囲気が好きだったから。

「じゃあ、私はお茶」

「冷たいほう？　あったかいほう？」

「うーん、どっちでもいいよ」

季節は春。確かに、冷たいほうでもあったかいほうでもどっちでもいいような気候だ。

「そういう答え、相手に対して親切じゃないんだぞ」

「うん？　ああ、確かにそうか。困っちゃうもんね、買う人が。じゃあ冷たいほう」

「了解」

自販機で冷たいお茶を二つ買って、バス停に戻った。すると、ちょうど岬行きの急行バスが停留所に着いたところだった。二人でバスに乗り込み、いつもの位置に座ってからオレはお茶を由香に渡した。

平日朝の観光路線。今日も、いつものように座席は空席だらけだ。

定刻通りバスは発車し、ターミナルを出た。今日は少し道路が空いているようで、窓の外の景色がいつもより早く流れていった。なぜだかいつも赤の信号を珍しく青で通り過ぎ、そして左折する二つ目の信号もなぜだかやはり青だった。

「いつもより早く着きそうだね。この調子だと」

由香が窓の外を見て言う。

「うん。でもなんでこういうときに限って早いんだろうね」

ほんとに、なんでだろう。早く過ぎて欲しくない時間に限って、早く過ぎていってしまう。

「でも時刻表より早く走りすぎてたら、どこかのバス停で時間調整でしばらく停るでしょ」

「そうだよね。時刻表無視して走るわけないもんね」

オレも由香も、そんなことは分かってる。でも、いままで気付いていなかった、過ぎていく時間の意外なほどの速さに、それを少しだけ上回るぐらいの速さの中に身を置いたときに、やっと気付いたのだ。

だからオレたちは、これからの時間を少したりとも無駄になどしないようにと、教え合ったのだ。

「大学に入ったら、こっちには時々帰ってくるの?」

「帰ってはくるだろうけど、私の大学、関西だから。お盆とお正月ぐらいかな、帰ってくるとしたら」

「そっか。オレも関東だから、やっぱりお盆と正月ぐらいになっちゃうのかな」

バイトで生計を立てることになるオレにとって、新幹線での移動など高嶺の花。普通電車を乗り継いで帰ってくることになるだろうが、それでも往復で一万円近くの出費は痛い。

「由香って、大学行って経済学ぶんだよね。効率のいい貯金の方法、あったら教えてよ」

「貯金の方法ねぇ……。まあ、コツコツと貯めろ」

オレの肩を軽く叩き、冗談っぽく言った。

そもそも経済とは、社会が生産活動を調整するシステムのことをいうのだ。転じて、金銭のやりくりという意味もあるが、なにも節約生活を学びに大学に行くわけではない。だから由香の反応も、至極もっともだ。

「でも、もしいい方法があったら教えるね」

「よろしくどうぞ。もし、ピンチになったら緊急援助を」

「了解です」

警察官みたいに敬礼をして、由香は笑った。

もう会うことはないのかも知れない。だけど、今、会話の中にそんな空気をにおわせる必要などない。またいつでも会える。そんな空気の会話にすることが、由香と二人の時間を過ごしているオレの優しさであり、オレと二人の時間を過ごしている由香の優しさなのだ。

しかしそれは、互いに別れを惜しんでいる証拠でもあった。

「でも関東と関西か。遠いなー」

「遠いっていうか、真逆だよね。この県から見ると」

「東と西だもんね」

関東は東のほう、関西は西のほう。分かりきったことではあるが、改めて口に出してみてようやく、その遠さを実感できた。

バスは例の四車線道路に入る。スピードを上げ、窓の外の景色も流れていく速度が増した。オレは手に持っていた冷たいお茶のキャップを開け、一口飲んだ。すると由香も、思い出したようにキャップを開け、中身を一口飲む。

いつもは放っておいても、どちらかがなにかを喋り出す。それゆえ、こんな手持ち無沙汰になることなどなかった。

今日は、オレもなにを話せばいいのか正直分からなかったし、それに由香も、なにを話せばいいのか分からなかったのだろう。いままでありがとう、すごく楽しかった。こんな言葉をいきなり言うわけにはいかない。ものごとにはタイミングというものがあるのだ。だから。

「佐々木さんって、知ってる？　畜産農家の」

「佐々木さん……、ああ、小学校のとき行った。社会科見学で」

窓の外を流れていく畑やら牛舎やらを見ていたら、自然と佐々木さんの名前が浮かんできた。市内で有数の規模の牛舎を持っていたため、多くの小学校が見学に来ていることは知っていた。やっぱり由香の学校も来てたんだ。

佐々木さんの話題は、その場の雰囲気をほぐしてくれる。だからオレは、佐々木さんの力を借りることにした。

「子供から、かなり受けが良くなかった？」

「そうそう、オヤジギャグ連発してたし。私もあのときは爆笑してたな」

「やっぱ、由香もそうだったんだ」

「うん。でも、すごい優しいんだよね、佐々木さん」

そうなのだ。ただ単に、オヤジギャグを連発するだけの人ではなかった。とても優しかったのだ、佐々木さんは。

牛の乳を握ることをためらっている子供の手に自分の手を添え、一緒に握ってくれた。オレのときもそうだった。

はじめて見た実物の牛。自分よりはるかに大きな生き物の、その体の一部を触ることに恐怖を感じた。同じクラスのいじめっ子連中の、なに怖がってんだよ、情けねえ、といった言葉の中でためらっていたオレの手に、佐々木さんはそっと手を添えてくれた。その手はとても優しく、とても大きかった。そして、温度として感じる暖かさだけでなく、心で感じる暖かさがあった。

「まだ元気なのかな、佐々木さん」

「多分ね」

本当のことなんか言う必要はない。

窓の外を相変わらず、畑やら牛舎やらが流れている。二人、変化なく続く風景を、ただただ見ていた。

「雄大の手、佐々木さんの手みたいだった」

窓の外を見ながら、ふと、由香が言った。

「えっ？」

「優しくて、あったかくて、大きかった」

オレは右手を広げ、手の平を見た。すると由香が、自分の手をオレの手の上に乗せてきた。

「やっぱ大きい。雄大の手」

重ねられた二つの手を、由香は嬉しそうに見ていた。

「由香の手が小さいからそう見えるだけでしょ？」

オレはなんだか恥ずかしくなって、わざと意地悪を言った。

「なにそれ。私がチビだからってバカにしてるの？」

口では怒りながら顔では笑っている。

「ははは、ごめんごめん。なんだか恥ずかしくなっちゃって。でも、オレの手ってそんなに佐々木さんと似てる？」

「うん。似てた」

由香は重ねられている二つの手を見て言った。

しばらくこのままでもいいかと思ったが、やはり、なんだか恥ずかしい。だから、オレはそこに左手を重ねた。するとその上に、由香のもう一方の手が乗ってくる。

「未来に向かって頑張ろう」

「おー」

「て、なにやってんのかな？　オレたち」

「なんか、バカップルみたい」

オレたちは静かに笑った。

「次、停りますね」

二人の会話の切れ目を待っていたかのように、冷静な声がマイクを通して車内に響いた。前を見たオレと、ルームミラーの中の運転手の目が合った。運賃表の横を見ると、オレたちが降りるバス停の名前が表示されていた。

オレと由香は四つに積み重なっていた手を、自分の足の上に素早く戻した。そして思い出したように慌てて降車ボタンを押した。イチャついて周りが見えていなかった。そして、自分たちが降りるバス停を通り過ぎそうになった。なるほど、バカップルだ。

田舎の風景に溶け込むことなく建っている白い校舎が、ゆっくりとこちらに近付いてきた。

「雄大に会えてよかった。すごく楽しかった」

「オレも、由香と会えて本当によかった。いろいろと、ありがとな。マジで」

「うん」

ほとんど中身を飲んでいなかったお茶が、手の中で人肌に温まっていた。飲む間もなくバスが速度を落としはじめたため、オレと由香は急いでキャップを閉めてバッグの中に入れた。

オレたちはバスを降りた。三年間通い慣れたこの学校も、今日で最後だ。そんなことを思いながら、二人で校門をくぐった。

学校に着いてからは、オレたちは普通の友人になった。賑やかな教室の中でいつもの会話をして、いつものように笑っていた。

卒業式では、お馴染みの「仰げば尊し」が歌われた。そのメロディや歌詞が泪を誘うのか、それを歌いながら泪する女子がけっこういた。一部には男子もいた。しかしオレはそれを歌っても感慨に耽ることはなかった。過去を思い出し泪するより、これからはじまる新たな生活へ期待を傾けていたい。過去を見るより、先を見て生きる。そう思うようにしているからだ。

感動のない男だと思われるかも知れないが、だってこうでもしないと、由香との別れが辛くなるから。気を抜くと、途端に泪が溢れてきてしまいそうだった。


卒業式が終わると案の定、サッカー部の連中と街中に行くことになった。といっても、この田代市にある唯一の大型商業施設である、中心街の中に建つショッピングモール。その中に入っているゲームセンターに行くだけなのだが。

バス通学のオレはやむを得ず、タツヤがいなくなってから仲良くなったヤツに頼んで、自転車の後ろの荷台に乗せてもらうことにした。

学校を出て、例の四車線道路と並行して伸びている、幅が異様に広い歩道を行く。しかし、その歩道はやがて車道ごとぷっつりと途切れ、自転車の集団はほとんど農道のような道を走っていく。

「和田って、今どうしてるのかな？」

「まあ、普通にしてるよ」

「普通ねえ。普通ってどんなだ？」

「元気にしてるってことだよ」

「そうか」

本当に元気にしているのだろうか。オレは適当に答えるしかなかった。タツヤとは、あれ以降まったく、連絡を取っていなかったのだ。

ゲームセンターで遊んで、コンビニの駐車場の隅でフライドポテトとアメリカンドッグを食べて、そして解散。「じゃあな」「元気でな」「またいつか」様々な言葉を残して、元サッカー部員たちはそれぞれの道へ歩んでいった。

8

次の日からさっそく、引越準備をはじめた。

一週間ほど掛けて、持っていく荷物を纏め、必要な家具や電化製品を買い揃え、アパートも借りた。

準備に大方目処がつきはじめた頃、心にも多少の余裕ができた。オレはこの余裕を使って、解決すべき問題に向き合うことにした。タツヤとのことだ。

しかし、嫌味を言われたということもある。実は血が繋がっていたということもある。そんな事実が二つもあるというのに、以前と同じ感覚で会うということはオレにはできなかった。

悩んだ末、オレはタツヤのお母さんに会うことにした。あの人にだったら、気持ち的に会うことはできる。

平仮名二文字の男の愛人であったという事実はあるが、それは少なくとも、今のオレにとっては大したことではなかった。だって平仮名二文字の男のことだ、なにをしたって不思議ではない。だから、積極的に会おうと思えない理由が二つもあるタツヤと比べれば、その事実は大したことがないと思うに充分だったのだ。

日曜日の午後、オレは家を出て坂道を下っていた。前にタツヤのお母さんとばったり会った時間、その三十分ぐらい前に。

人の行動パターンはだいたい決まっているものだ。決まった時間に買い物に行き、決まった時間に食事をとる。だから、坂の下のスーパーへタツヤのお母さんがくるであろう時間にオレもそこへ行き、スーパーでばったり会ったふうを演じようと考えたのだ。前回とまったく同じシチュエーションだと、さすがにわざとらしいと思ったからだ。

坂を下りて一つ目の電停のすぐ近くにある脇道に入って、少し歩いたところにそのスーパーはあった。ここに来たことはなかったが、坂道の脇に立てられた、「この先の交差点右折五十米」

と書かれたスーパーの看板の存在は知っていた。

店の入口脇にベンチが置かれており、その隣にジュースの自販機が二台並べられている。オレはベンチに座ってジュースを飲みながら、タツヤのお母さんが現れるのを待つことにした。

駅前の本屋に行こうとしたが、電車にギリギリ乗り遅れてしまったために坂の下の電停まで歩いてきた。喉が渇いてジュースを飲もうとしたが、あの電停の近くに自販機はない。だから、少し歩いたところにあるこのスーパーに来た。電車を一、二本遅らせることになるが、別に急いでいないから構わない。とまあ、こんなシナリオを用意して。

時間が経つ毎に少しずつ増えていく駐車場の車と、駐輪場の自転車。しかし、タツヤのお母さんが現れる様子はない。

十分ほど経っただろうか。ちびちびと飲み続けていたジュースも底をつき、ついに空になってしまった。シナリオを成り立たせる重要な要素を失ってしまい、新たなシナリオを考えようとしたときだった。

見覚えのある格好をした人が店の入口に向かって歩いてきた。タイトな着こなしのＴシャツとジーパン。タツヤのお母さんだった。

「あら、渡辺君。久しぶりね。元気だった？」

オレの姿に気付いて先に声を掛けてきてくれた。話し方も表情も、以前と変わっていなかった。

由香との一年半はとても短く感じたのに、タツヤのお母さんと会わずにいた一年半という歳月は、とても長いもののように感じた。心の持ちようは、時間の経過の速度さえ変えてしまうらしい。

「ほんと、久しぶりです。すみません、長い間ご無沙汰しちゃって」

ベンチから立ち上がりながら、なんだか申し訳ない、といった顔をして言った。

「いいのよ、気にしなくて。それよりどう？　大学、受かったの？」

「ええ。なんとか、希望してた大学に入れました」

「そうなの、それはよかったわね。ところで、今日はなんでこんなところにいるの？」

「駅前の本屋に行く途中だったんですけど、電車にギリギリ乗り遅れちゃって。それでまた坂の下の電停まで歩いてきたんです。で、喉が渇いたんでジュースを飲もうとしたんですけど、あの辺りって自販機がないですよね」

「ああ、そういえばそうね。言われてみれば自販機見ないわね、あの辺り。なるほど、それでここまで来たのね」

「そうです。で、偶然会った、みたいな」

「そうだったのね。でもよかったわ、こうしてあなたと会えたんだから」

目指していた大学の名前はタツヤに言ってあった。おそらく、それをタツヤから聞いて知っていたから、オレが遠くに引っ越してしまう前に会っておきたいと思っていたのかも知れない。だとするならば。

オレに関しての情報がぱったりと入ってこなくなった。それはすなわち、タツヤとオレが連絡すら取っていないことを知っている、ということだ。

「タツヤ君、元気ですか？」

今が、それを聞くタイミングだろう。いや、むしろ今聞かずにいつ聞くのだ。

「ええ。辰哉だったら元気にしてるわよ」

意外だった。この人の性格ならずばりと聞いてくるのかと思った。タツヤと喧嘩した理由、みたいなものを。

しかしそんな雰囲気はにおわせもせず、表情を変えずにオレがした質問のみに答えてくれた。

「よかったら、また家《うち》に来てちょうだいね。今は色々と忙しいだろうから、落ち着いてからでもいいし、大学に入ってもたまにこっちに帰ってくるでしょ、そのときでもいいし。それこそ大学出て社会人になってからでもいいし」

いずれ、タツヤと会うつもりではいた。しかしここまで具体的な選択肢を与えられるとは思っていなかったので、返事に困った。すると、それを見抜いたかのようにタツヤのお母さんは続けた。

「あなたも元気にしてるってこと、タツヤにも伝えておくわね」

自分でもはっきりとは見えていなかった、オレ自身の心の内。しかしタツヤのお母さんの言葉で、ようやくそれが形になって見えた気がした。そうだ、これこそが、タツヤではなくタツヤのお母さんに会おうとした理由なのだ。

正直、タツヤと会いたくはない。しかし、近況も知らずに遠く離れることになるのは忍びない。だったらせめて、元気にしているかの情報だけは知っておきたい。そしてタツヤに対しても、オレが元気にしているという最低限の近況報告はしておきたい。

オレが心の中で思っていたこと。タツヤのお母さんが、全て代弁してくれた。

きっと端から望んでいただろう通りにことが進んでいったとき、オレは決めた。タツヤとは社会人になってから会うということに。

自身が大人へと変わっていくにつれ、全てを、素直に受け入れられる能力が自然と身についていくだろう。だから、なにも今、タツヤと会うことはないのだ。

しかし、同時に気付いていた。困難から逃げようとしているだけに過ぎないということに。能力がついていく云々というのは、それを正当化する言い訳に過ぎないということに。

だから、どんなにもっともらしい理由を並べたところで、行きつくところはただ一つ。単純に、オレの心が弱かったのだ。情けないことに。

「今日も、荷物持ってくれると嬉しいんだけどな」

オレの心境を知ってか知らずか、タツヤのお母さんはいたずらっ子のような顔をして言った。

「えっ？　ああ、別に構いませんけど」

「嘘よ、冗談。じゃあ、勉強頑張ってね」

そう言って、店の中に入っていった。

大学在学中は一年生のときに一回きり、この街に帰ってきただけで、由香と会うこともなければ結局タツヤと会うこともなかった。

大学卒業後、この街に帰ってきたオレが由香と再会したのは同窓会のときだった。

皆着こなせていないスーツで身を包み、社会人一年生を体で表しているようだった。しかし由香はというと、まるで有名商社にでも勤めているかのような雰囲気が漂っていた。パンツスーツをすっかり着こなしているその姿は、控えめな化粧と相まってとても大人っぽく見えた。

そんな、まさにビジネスウーマンといった雰囲気は、彼女の躍進ぶりを想像させるに充分だった。

一方でオレは、起業の夢を携えて大学で経営学を学んだものの、不況の荒波に揉まれに揉まれ、そんな夢などとっくに押しつぶされ、今は普通のサラリーマンをしていた。だから、仕事のできるビジネスウーマン然とした由香に話しかけるのがなんだか嫌だった。

しかし皆が皆、夢を叶えられるわけではない。自分が本当にしたいと思う仕事をしているのは、日本全人口のほんの一部なのだ。その事実を自分に言い聞かせた。

「雄大だよね、久しぶりー」

オレの姿を見つけてこちらへ歩いてくる。

「ほんと久しぶりだね、元気だった？」

交わされた会話は、由香との間に感じていた微妙な高さの壁を、一方的な嫉妬だったとすぐに気付かせてくれた。

バイキングレストランで行われた今回の同窓会。オレは由香と席を共にした。

「だいぶ雰囲気変わったよね。こう、すごく大人っぽくなったたっていうか」

「そう？　でもそう言ってもらえると嬉しいな。ちょっといいスーツを買った甲斐があったかも」

そう言って冗談っぽく襟を正してみせた。

「でも、バリバリのビジネスウーマンやってるって感じだよね」

「私？　ううん、普通のＯＬやってるよ。部長に、コピーお願いね、とかって言われながら」

「そうだったんだ。じゃあ、見かけ倒しってやつ？」

「ちょっと、失礼でしょ。その言い方」

二人で笑ったあとに、由香が続ける。

「うちの会社、服装に関しては五月蝿いの。いいスーツを着なければいい仕事はできない、とか言って。なんかよく分かんないけど」

「へえ。でも、そのスーツ似合ってるよ。なんか、できる女って感じで」

「でしょ？」

そう言ってモデルみたいなポーズをする。

「やっぱ似合わないかな？」

「だから失礼だって」

すっかり大人っぽくなった由香だが、あのときの笑顔は、今も変わっていなかった。

宴もたけなわになった頃、美味しそうと言って飲みだしたワインで由香は顔をほんのり赤く染めていた。そろそろ、お開きの時間も近い。口直しにデザートでも食べようと思った。

「食べたいデザートある？　オレが取ってくるよ」

「あそこにあるスイーツ。あのシュークリームみたいなの欲しい。ってやだー、旦那を尻に敷いてるオバサンみたい」

酔いが回っているのが、声の大きさからも分かった。

しかしすでにビールの一気飲みの掛け声と歓声があちこちで聞こえはじめており、由香の声は近くにいるオレにしか聞こえていないようだ。

「だいぶ酔ってるよね？」

オレが少し冷静に言うと、由香はふと我に返ったように、手にしていたワイングラスをテーブルの上に置いた。

「うん。じゃあ、お願い」

少し恥ずかしそうに言った。

かく言うオレも、慣れないワインなんか飲んでほろ酔い状態だ。しかし、もし由香と一緒に歩いて行って、その由香が酔っているがために途中で転んだりでもしたら、女性としてけっこうな心の傷になるはずだ。しかし仮にオレだけが転んだのであれば、笑いで済ませる自信はある。だからこういうときは、男が動くのが当たり前なのだ。

オレは由香から皿を受け取ると、少し不安な足取りで、食べ物が並べられている所へ向かった。そしてシュークリームを綺麗に装飾したもの二つと、ロールケーキを綺麗に装飾したもの二つを皿に乗せて席に戻った。

「こんなにいっぱい食べれないよ、太っちゃう」

「いいよ、オレもこの皿で食べるから」

同じ皿に並べられた、洒落た見た目の洋菓子。「うん、美味しい」と満足げに言いながら、オレと由香は生クリームとフルーツでデコレーションされたシュークリームを食べる。それを食べ終えると、チョコレートソースで表面に繊細な模様が描かれたロールケーキに二人、手をつけようとする。元からある渦巻き模様を蔓に見立て、そこから幾つかの葉っぱが生えている、という凝ったデザインだ。

「由香って、今、恋人いるの？」

オレはロールケーキを見ながら聞いた。

「ううん、募集中。雄大は？」

由香もロールケーキを見ながら聞いてきた。

「オレも募集中」

「ふーん」

「案外、あっさりしてるんだな」

「どんな答えを望んでたの？」

「別に」

二人、皿の上に載ったロールケーキをフォークで解体しはじめた。

ロールケーキの食べ方は、渦巻きを解きながら食べたり、渦など関係なくかぶりついたりと人によって様々らしいが、今の二人に関しては決して、渦巻きを解いて上品に食べようと思っているわけではない。二人に訪れた静かな時間を持て余し、言葉を発する代わりに取り敢えず手を動かしていようという行動の犠牲に、このロールケーキになってもらっているだけだ。

「マグーナに行ったときのこと、覚えてる?」

解体し終えたそれを見ながら、オレは由香に聞いた。

「かき氷、食べたこと?」

「はぐらかすなって。あれだよ、ほら、オレが高所恐怖症カミングアウトしたこと」

「はぐらかさないでよ」

将来、結婚しようよ。

オレのあのときの気持ちは嘘ではない。こうやって再会した今、確信した。

「将来、結婚しようって言ったよな」

「うん。まだ早いって返した」

「まだ、早いかな?」

「別に」

意味もなく真っ直ぐに伸ばしたロールケーキをフォークでぶつ切りにしながら、二人、口に入れていく。

入店してから今まで気にも留めていなかった、店内で静かに流されているBGM。今流れている曲が、Enya の Only time であったことに気付いた。

騒がしい声の隙間を通って聞こえてくる清らかな歌声が、二人のあいだに、今まさに訪れた「時」を、知らせてくれたようだった。

「オレと、付き合ってくれないかな？」

一呼吸置いて由香が答える。

「こちらこそ。お願いします」

由香の顔に、変わらない笑顔が溢れた。

二人、頭は半分酔っていたが、心は酔っていなかった。

9

一年間の交際の後、オレと由香は結婚した。そしてその半年後、長女の咲《さき》が生まれた。

オレたち三人は今、豊山市の中心街近くのアパートで暮らしている。オレと由香は、夫婦共働き。咲の面倒は、平日の日中は由香のお母さん自ら引き受けてくれた。火曜日はオレの母さんに、そして夏休みや冬休み期間中には、高校生になったケンタに面倒見を頼むこともあった。色々な人と接して、大きくなったらさぞかし人間好きになるだろうなと思いながら、オレと由香は分担して車で送り迎えをしていた。

タツヤとは、未だに会っていなかった。進学、就職、結婚、妻の出産、子育て。余裕がなかった。実は血が繋がっているタツヤと腹を割って話し、かつての友人関係に戻すために精神的な力を発揮する、そんな時間の余裕と心の余裕が。

しかし、自分でもうすうす気付いてる。時間がないからタツヤと会えないのではなく、タツヤと会わなくて済む理由として、時間というものを利用しているだけなのだと。


結婚生活二年目のある日、オレと由香はテレビを見ながら少し遅めの夕食をとっていた。すでに咲は夢の中。ダイニングに居るのは二人だけだ。

何気なく合わせていたチャンネルで放送していた情報番組では、車椅子バスケの特集をやっていた。

すると、テレビにタツヤが映った。

あるチームの選手として紹介され、和田辰哉さん（25）のテロップが顔の横に添えられた。

「和田君だよね、この人」

「確かにタツヤだ」

「タツヤだ、って。知らなかったの？　テレビに出るってこと」

なんで？　友達なのに。と言いたげな顔をする。

「まあ、ちょっとしたことで、口喧嘩になっちゃってね。で、しばらく会ってないんだよ」

「そうだったんだ。でも、しばらくって、どれぐらい？」

「七年間ぐらい」

「な、七年？」

若干、声が裏返っていた。

「七年間っていうと、大学が四年だから・・・」

「高校のときだよ、高二の夏休み。それ以降会ってないし、連絡もとってない」

七年間問題を放置していた事実を知らされ、由香もさすがに閉口してしまった。

まるで、和田 辰哉に密着、のような構成になっていたこの番組は、タツヤへのインタビューがメインだったようで、二人きりのダイニングには彼の声が響き続けていた。

オレと由香はテレビの中のタツヤを見ていた。七年前と、本当になにも変わっていなかった。

「別に喧嘩の原因までは聞かないけどさ。でも、会ってみたら？」

テレビを見ながら、ふと、言ってくる。

「そう簡単に言うなよ」

テレビを見ながら返した。

「ガキ」

さらっと言われた。敵意のある言い方ではない。会話の中に違和感なく紛らすような感じで、本当にさらっと、言われた。

オレは、なにも言い返すことができなかった。

「ごめん、真に受けちゃった？　ガキなんて言ったこと」

由香は笑いながら言った。充分に、真に受けていた。だから、覚悟を決めた。

「会ってみるよ、タツヤと」

「えっ、ほんとに？」

「ああ。仲のよかった友達と七年間も会ってないって、さすがに有り得ないもんな」

あまりにあっさりと従ったオレに、由香は呆然としていた。

「そっか。まあ、仲良くやってこい」

気を取り直してそう言うと、オレの肩をいたずらっぽく叩いた。

実は、タツヤとは腹違いの兄弟だった。このことは、言わなかった。いや、言えなかった。


食事を終えてから風呂に入り、そしてベッドの上で横になった。

会ってみるとは言ったものの、どうやってきっかけをつくろうか…。まあ、近いうちに考えるとするか。…って、また問題をズルズル引き伸ばすつもりか？　オレは。

オレはすぐにケータイを手にした。そして、メール作成画面を出して、アドレス入力のために電話帳の「わ」のページを開いた。

放ったらかしにしていた七年間という年月はあまりに長く、その時間の長さが、二人のあいだの心の距離というものをより一層遠いものにしてしまっていた。

タツヤの存在を避け続けてきたオレ。そんな自分の行動を悔い改めるように、送信先の欄にタツヤのアドレスを入れた。

To：和田辰哉
題名：長い間ご無沙汰致しました。

本文：近いうち、会えるかな？

送信ボタンを押してメールを飛ばした。オレは、ケータイを持ったままだった。

正直、少しビクついていた。喧嘩したまま七年間も会わずにいた相手にメールを送信したのだ。仲のいい飲み仲間に気軽に一斉送信で送ったメールとは、わけが違う。

送信してからおよそ五分後。メール着信を知らせるメロディが鳴った。

オレは、どんな返事だろうとそれに真正面から向き合おうという覚悟を決めた。

返信されたメールを開く。

From：和田 辰哉
Re：長い間ご無沙汰致しました
本文：久しぶり！　いいよ。で、いつにする？
オレはすぐに返信した。
本文：返信ありがとう！　今度の日曜日でどうかな。駅前の喫茶店で。
最近オープンした有名なコーヒーショップの店名を入力して送信した。そしてすぐに返信メールがくる。
本文：ごめん、その日予定があって…。もしタケヒロの都合がよかったらでいいけど、「ふたりぼっち」で会わない？　土曜日の夜八時に。
すぐに返信。
本文：いいよ、ＯＫ。

あっさりと終わった。なんだか、今までの自分がバカバカしく思えてならなかった。

「ふたりぼっち」は、駅前の繁華街から少し離れたところにある、大人の雰囲気が漂うバーだ。居酒屋のような店名だが、知る人ぞ知る大人のバーとして、何年か前にテレビで紹介されたこともある店だ。住んでいるアパートの近くにあるため、オレはその店の存在は知っていた。


約束の日、オレは八時少し前にアパートを出て「ふたりぼっち」に向かった。

雑居ビルの中にその店はあり、入口のドアの脇にある小さな看板だけが、ここにバーがあるということを静かに主張していた。二つ並んだグラスのシルエットが描かれ、その下に店名が書かれただけの、とてもシンプルなものだ。住宅の玄関ドアといった感じのやはりシンプルな入口ドアと相まって、まさに知る人ぞ知る、といった雰囲気が漂っていた。

ドアを開けると、アロマの香りがうっすらと漂う高貴とも言える空間が、ドアの内側から現れた。小ぢんまりとした店内は落ち着いた色調で纏められ、シャンデリアの明かりが上品な雰囲気を醸し出していた。

客は車椅子に乗ったタツヤと、他の男性客二人だけだ。タツヤはオレの来る少し前にここに着いたばかりだったらしい。「もう一人来るから」「分かりました」とバーテンダーとやりとりをしているところだった。

白髪交じりだが、オールバックにしてきれいに整えられた頭髪。鼻の下にたくわえた、頭髪と同じ色の髭。ちょっとかっこいいオジサン、といった感じのバーテンダー。

「いらっしゃいませ」

こちらに向けられた穏やかな表情も、テレビで見せていたものと変わらない。

オレに気付いたタツヤは、「よお」と言って片手を少し上げる。オレも「久しぶり」と言って同じ行動で返した。

タツヤの表情は、以前と変わらないにこやかなもの。しかしそれは、本心からのものではないだろう。音沙汰なしのまま七年という歳月が流れ、そしてやっと再会したかつての親友。内心戸惑い、それを表情で誤魔化したのは明らかだった。だって、かつての親友なのだ。それぐらいのことはわかる。

「ごめんな、時間取らせちゃって」

「ああ、全然構わないさ」

二人、簡単な挨拶だけを交わす。

オレは、椅子に座る前にタツヤに手を貸そうとした。車椅子から、腰の高さほどあるバーの椅子にタツヤが移る手助けをするためだ。

しかしタツヤはそんなオレには気付かず、バーの椅子の座面に両手を乗せると、自分の腕力だけで車椅子からそちらへと移動した。両腕の力だけで全身を動かすスポーツをしているのだ。それを証明するかのように、Tシャツの袖から覗く二の腕は、少なくともここにいる男たちの誰よりも太かった。

二人並んでカウンターに座り、タツヤに勧められたカクテルを注文した。

注文を受けたバーテンダーは、二つのカクテルグラスに氷を入れ、バー・スプーンでその氷を回転させてグラスを冷やした。次に、シェイカーの中にお酒とオレンジジュースを入れて、バー・スプーンで軽くかき混ぜる。そして、グラスを冷やしていた氷を捨て、シェイカーに新たな氷を入れ、それを顔の高さで振る。

バーテンダーの流麗な動きを、二人、静かに見ていた。

冷やしておいた二つのカクテルグラスに、オレンジ色の液体が注がれる。カウンターテーブルの上を静かに滑らせるようにしてオレたちの前に差し出されたカクテルは、ほのかに柑橘系の匂いが香っていた。

口に含むと、アルコールの風味と、上品な甘さが舌の上に広がった。

「でも、ほんと、久しぶりだよな」

「ああ。もう、七年も経っちゃったんだよな」

二つのグラスの中身が、少しずつ減っていく。しかしオレもタツヤも、言葉が続かない。グラスの中のきめ細やかな気泡が、ゆっくりと空気中に抜けていく。

「今、なんの仕事してるの？」

「小さな会社で、営業やってるよ」

「そっか」

「タツヤは、なんの仕事してるの？」

「小さな会社で、経理の仕事やってる」

「そうなんだ」

こんなもんだよな。七年ぶりに会う、しかも喧嘩状態で別れたままだった二人の会話なんて。

二人、口から言葉を発する代わりに、カクテルを口の中に注いでいた。

一杯目のグラスが空になった頃、「タケヒロって強めの酒、いける?」とタツヤが聞いてきた。

「ああ。大丈夫だよ」とオレは答えた。

「ちょっと強めのあれ、作ってよ。同じものを二つね」

「はい」

バーテンダーはタツヤにそう言ってから、オレに視線を移した。

「少々、お待ちください」

用意された二つのロックグラスに氷を入れ、そこに二種類のお酒を注ぎ入れた。そしてバー・スプーンで軽くかき混ぜたあと、それをオレたちの前に静かに差し出した。

きれいに透き通った茶色いカクテルからは、コーヒーの香りがした。

一口飲んでみると、確かに強めだ。けど、これならすぐにいい感じに酔いが回ってくれそうだ。

打ち解けたくても、なかなか打ち解けられない事情もある。だからこんなとき、アルコールの力を借りようと、人は酒を飲むのだ。

どんな会話をしたのかと後日聞かれると、その内容を一分ほどで説明できてしまいそうな量の会話が交わされた頃、アルコールがやっと、いい感じで回ってきた。

「悪かったな、何年も放ったらかしにして」

オレは、グラスの中身を見ながら言った。

「なんだよ、随分と藪から棒だな」

タツヤも、グラスの中身を見たまま言う。しかし、二人にようやく心からの笑みがこぼれた瞬間でもあった。

その後オレたちは、その内容を一時間あっても説明しきれないほどの会話をした。出会った日の話にはじまり、タツヤが事故に遭うまでの日々、事故に遭った日のこと、そして、その後の二人。

互いに気を遣うなどということはなかった。過去は水に流せる。だから、この人間社会はなんとか回っているのだ。

「そういえばこの前、テレビでやってた特集見たよ」

「ああ、車椅子バスケの。でもあのとき、なんだか俺ばっかり写されちゃって。主将は他の人なのに、なんだか申し訳なかったんだよな」

そうは言うが、タツヤを主役にしたテレビ局の目的はよく分かる。女性からの目を引くことができ、視聴率を伸ばせるからだ。その目的の元になる、自分のイケメンぶりに気付いていないような素振りのタツヤが、なんだか軽くムカつく。

「でも、トレーニングとか結構きついみたいだな」

「ああ。自由に動けない分、この腕だけが頼りだからな。自由に動ける人の何倍も努力しないと」

タツヤは、自分の太い二の腕を見ながら言った。

「でもいいよな、そうやって打ち込めるものがあって」

「タケヒロは、そういうのないの？」

「あったんだけどな。学生のときに仲間とフットサルチームつくって、それで試合とかもやってたんだけど」

「へえ、そうなんだ。でも、過去形ってことは、今はもうフットサルやってないんだ」

「うん、大学を出て、就職して、結婚して、で子育て。とても趣味に打ち込んでる暇はないよ」

「そっか、家庭持つのも大変なんだな」

「ちなみに、オレの嫁さん由香だよ。高校のとき一緒だった小島さん」

「そうか、結婚したのか。ていうことは、大学も一緒だったわけ？」

「いや、二人とも別の大学。同窓会のときに再会して……」

「そのままゴールインと」

オレの代わりに、タツヤが言った。

「まあ、そんな感じかな？」

嬉しいのか恥ずかしいのか、よく分からない気分のまま答えた。

その後もオレたちはカクテルを少しずつ口に注ぎながら、話に花を咲かせた。バーの雰囲気を壊さない程度の声のボリュームで語り合い、そして笑い合った。なんだか、やっと大人になれた気がした。

七年分貯まっていた話題を互いに話し終え、グラスも空になった頃、時計の針は十時を回っていた。このとき、オレはあることを思い出した。タツヤは心臓を手術していたはずだ。激しくぶつかったり、転倒したりすることもある車椅子バスケ。タツヤの心臓で、そんな激しい運動をしていいのだろうか。

「タツヤって、心臓も手術してるんだよな？　まあ、お前のお母さんから聞いたんだけど。その体でバスケなんかやって大丈夫なのか？」

「大丈夫じゃないさ」

タツヤはグラスを手で軽く回し、その中で回る氷を見ながら言った。

「大丈夫じゃないって……」

なに考えてんだよお前、もっと自分の体大事にしろよ。こんなことを言おうとしたが、口に出す直前に飲み込んだ。タツヤの目が、なにか強い意志を持ったものになっていたからだ。

「自分の体のことわかってるんだったら、ちゃんとその辺セーブして生きたほうがいいんじゃないのか？」

オレはとりあえず冷静に、するべきアドバイスをした。

「セーブして生きていれば、なにも起こらないことはわかってる。でもセーブせずに、自分のやりたいこととか好きなことをして、で、結局なにもなかったらどうする？」

そんなタツヤの質問に、オレは答えることができなかった。

好きなことを後先考えずにやり続けることができるオレは、そんなこと考えたこともなかった。

タツヤは続けた。

「だったら、俺は二分の一の確率に賭けてでも、好きなことをしていたい。それがもし不幸な結果を招いたとしても、なにもない平凡な人生を送るよりはずっとマシだ」

オレが手に持っていたグラスの中では、氷が半分水になっていた。わずかにアルコールの匂いが移ったその水を、オレは一気に飲み干した。

「そうか。そうだよな、もしオレがタツヤと同じ立場だったら、やっぱり、タツヤと同じ生き方をすると思う。自分が好きなことをやってるときが、いちばん幸せなんだよな」

一度言葉を切ってから、ひと呼吸おいて続けた。

「ありがとな。タツヤの生き方、教えてくれて」

オレの言葉に、タツヤは「ああ」とだけ答えた。

タツヤはそのまま、考えを巡らせているような表情で、小さくなっていく氷を見ていた。

グラスを覆っていた結露の粒が一滴、ゆっくりとその表面をつたっていく。

「タケヒロがもしただの友達だったとしたら、あんなこと、言わなかったかも知れない」

「うん？　ただの、友達じゃない？」

オレは、タツヤの言葉の前半に対してのみ、聞いた。後半の、あんなこと。これは七年前、タツヤに言われたあの言葉。

——とっとと別れてあげたほうが、その子のためなんじゃないのか？——

二人とも、分かってる。内容を確認しなくても、あんなこと、で通じる。あのときの空気をいちいち呼び戻すことなんかしなくていいのだ。

「母さんから聞いたんだけどさ。タケヒロと俺って、その、なんて言ったらいいか」

「血が、繋がってんだろ？」

タツヤの、グラスを回す手が止まった。

「タケヒロも知ってたのか？」

「ああ。タツヤと最後に会った日、あのあとに母さんから聞いたよ」

「そうだったのか。俺はもっと早くに聞かされた。タケヒロと仲良くなってすぐだったよ。既に妻子持ちになっていた男の、息子の名前が雄大っていうことはその男から聞いて知ってたみたいだったから」

そう言ったあと、グラスを見たまま、少し笑った。

「ていうか、びっくりするぐらいサラっと言うんぜ、そういうことを」

「オレの母さんもそうだったよ。でも、もうきれいになってる皿をいつまでもゴシゴシ洗いながらね」

「うちは、マヨネーズのキャップを意味もなくカチカチ開け閉めしながら」

「言いにくかったんだよ。とんでもないカミングアウトだもんな」

「そうだよな」

オレたち二人はようやく顔を見合わせ、笑った。

そしてタツヤは言った。

「兄弟っていう存在だったからこそ、本気でお前のことを考えたんだ。でも、あのくらいのこと言ってあげないと、心を入れ替えることはないだろうって思った。頑固なところあるからな、タケヒロって」

「そうだったのか……。じゃあ、今のオレがあるのはタツヤのおかげだよな」

タツヤと喧嘩をした日。あのときのタツヤの言葉を、思い出した。

「そんな大袈裟に考えなくていいって。むしろ、あんな嫌味っぽい言い方したことを謝りたいぐらいだよ」

「謝らなきゃいけないのはオレのほうさ。だから、本当にごめんな。七年間も放ったらかしにしちゃって」

「もういいよ、気にしなくて。その点に関しては俺も同罪だから。でも、本当にごめんな、あんな言い方して」

「いいさ、今となってはむしろ感謝してるよ」

背負っていたものを、ようやく体から下ろすことができた。

オレは手に持ったままだった空のグラスをテーブルの上に置く。そしてタツヤも、オレの真似をするように空のグラスを置いた。

「また、タツヤのほうからも連絡してくれよ、時間つくるから」

「ああ、分かった。タケヒロからも、また連絡くれよ。予定空けるようにするからさ」

「ああ。そうだ、念のためにオレのアパートの電話番号も教えとくよ」

「ちょっと待って」と言ってケータイを開いたタツヤに自宅の電話番号を教えた。

「今日はありがとな。時間つくってくれて」

「ああ。これからも、たまにここで飲もうな」

これからもずっと、タツヤとこんな関係でいたい。そう思った。

10

オレは今、この県の県庁所在地にある会社で営業マンをしている。

本来は、自宅から車で十分ほどのところにある豊山市の支店で、総務部の一員として勤務していたのだが、営業担当者が体調を崩して入院してしまったらしく、応援業務ということで、一ケ月前に急遽ここで勤務することになった。

入社するときの適性検査で、営業のセンスもあると言われていたために、オレに白羽の矢が立ったのだ。

オレは、その人が担当していた仕事を任されることになり、ＪＲの沿線にある会社を何社か受け持つことになった。そのため、仕事中は車ではなく電車を使って移動することになった。

東京ほどではないが、この街も、そこそこ密に張り巡らされた鉄道やバス路線を持つ都市ではある。だがいかんせん戦後に発展し、車で移動することを前提に造られた都市構造ゆえ、その網の隙間は間隔が開いているところが多い。都合の悪いことに、勤めている会社はその間隔が広い隙間の、しかもちょうど真ん中辺りにあるのだ。

朝のひどい交通渋滞を避けて電車通勤しているオレは、豊山市からJRの快速で四十分かけて、まずはこの街の中心駅まで出てくる。そしてここから会社までは車で十分の距離なのだが、近間から車通勤している事務のおばさんが、通勤ルートの途中だからということでオレを会社まで乗せていってくれている。このため、出勤時は問題ない。また基本的には営業先から直帰のため、退社時も問題ない。問題なのは、営業に出発する際の、会社から駅までの移動方法だ。

営業活動をはじめるにしても、オレの場合まずはこの街の中心駅に、再び向かう必要があるのだ。

営業担当者は二人。オレと、近所の自宅から通勤している三十代半ばの女性。その人の担当は郊外地区であるため、社用車を使って移動している。しかし、この人に頼んで駅まで乗せて行ってもらおうと考えるほど、オレは神経が太くなかった。そもそも、方向的には逆方向に向かうのだ。

前任者のように、駐車場付きの自宅アパートが中心駅のすぐ近くにあって、会社と自宅のあいだは車で移動、ということができれば楽なのだが。

とまあ、こんな理由から、オレは駅までの道のりをタクシーで移動している。そしてその料金も、会社が負担してくれている。

厳しい会社であれば、近距離のタクシー代は出さない、と自転車での移動をそれとなく勧めてくるのかも知れない。健康維持にもなるとか言って。確かに、自転車で移動できない距離ではない。しかし幸いなことにこの会社は、営業活動前から疲れる必要はない、とタクシー利用に関して寛大だった。まあ、オレは現在入院中の社員が退院するまでのあいだの代役であるため、数ヶ月間だけならば支出が増えたとしても仕方がないか、と会社側も考えているのかも知れない。

事務所は四階建ての古い賃貸ビルの中に入っているが、このビルには他にも会社が数社、入っている。ただでさえ公共交通空白地帯であるこの地区、やはり移動には不便するようで、毎日ほぼ同じ時間帯にオレを含めて三人のタクシー利用者がいる。そしてそのことをタクシー側も分かっているため、その時間帯の少し前に、三台のタクシーが会社前の道路で客待ちをはじめる。

オレの日課は、九時前に出社して書類や資料を纏めたあとに一息入れ、そして十時になったらタクシーで駅に向かう、というものだ。他の会社の二人もやはり日課の一部なのだろう、オレより五分ほど前に、一人目がタクシーに乗り込んでどこかへ向かう。そして十時、オレが二台目で客待ちをしていたタクシーに乗って駅へ向かう。そして少ししてから、三人目がくる。

このように、三人の行動がパターン化しているということもあるのだろうし、それに客待ちのタクシー側も、確実に乗ってくれる人がいるなら毎回そこに向かう、ということでもあるのだろう。ここ最近、よく同じタクシーに当たるようになった。

最初にそのタクシーに当たったのは、二週間前のことだった。

「駅までお願いします」

「かしこまりました」

この地域では「駅まで」と言えば、この街の中心駅と解釈される。行き先が地下鉄の最寄り駅（といっても徒歩で三十分以上、中心駅と比べ僅かに近い程度）の場合は、しっかりと駅名を告げる必要がある。

このタクシーのドライバーも、わざわざ中心駅の名前を言わなくても車をそちら方向に向けて走らせてくれたのだが、ただ他と違ったのは、行き先を告げた際の返事が、「わかりました」や「はい」ではなく、「かしこまりました」だったことだ。

目深に被った帽子が、ルームミラー越しに見えるはずの顔をほとんど隠してしまっていたため、オレから見えるのはそのドライバーの口の部分だけ。料金を受け取るときも、お釣りと領収証を渡してくるときも、顔の半分以上は帽子のツバの向こう側だ。そのため表情は分からないが、しゃべり方も丁寧で、物腰の柔らかそうなドライバーだった。

この日以降、そのタクシーに当たることが多くなった。オレがそのタクシーに当たるというより、タクシーのほうからオレを乗せに来ているといった感じだ。それは目で見ても明らかだった。

そのタクシーが姿を見せるときは、三台並んでいるうちの前から二台目に必ずいた。一台目と三台目は並び順が入れ替わっていたり、他のタクシーが来ていたりと変化はあるのだが、オレがいつも乗る二台目だけは、そのタクシーだったのだ。はじめのうちは何日か間を置いて姿を見せていた。そして、やがて毎日になった。

この日も、いつものタクシーで駅に向かっていた。

「そろそろ夏も終わりでございますね。朝晩はだいぶ涼しくなって」

「そうですね、やっと過ごしやすくなってきましたね」

オレがそのタクシーに乗り込むと、まず時候の話になる。わざわざ行き先を告げなくても、駅に向かってくれるようになっていた。

「よく会いますよね。ていうか、毎日ですけど」

「毎日乗ってくださるお客様がおられるのでしたら、私はそのお客様の足となります。これも、タクシードライバーの務めでございますから」

オレから唯一見ることができる、ドライバーの顔の一部分である口。その形から察するに、おそらく営業スマイルを湛えながら発した言葉だったのだろう。しかし、これが本心だとしたら、乗客としてこんなに嬉しいことはない。

「それはありがたいですね。いつもありがとうございます」

「いえいえ、当たり前のことでございますから」

ドライバーは、後頭部の辺りを右手の薬指で掻きながら、そう言った。口元の笑みには、照れ笑いも混じっているようだった。

オレは気付いた。後頭部の辺りを、右手の薬指で掻く…。オレにも、同じような行動を取ることがあったはずだ。やはり照れくさいと感じたとき、だったか。癖という行動ゆえ、何気なくやっているその仕草に確信はないが、オレにも同じ癖があることは確かだった。

週末の土曜日、この日は家族で水族館に行く予定を立てていた。高速道路を乗り継いで二時間ほどのところにあるそこそこ名の知れた水族館だ。

フェリーターミナルの隣にあるこの水族館には、日本ではここだけで飼育されているジュゴンがいる。

テレビでは見たことがある、人魚と間違えられたというその生き物を早速見てみようと、人の流れにのって、ジュゴンのいる水槽へと三人で向かう。

見るなり、咲は「くじらー」と興味津々の眼差しでジュゴンを見ながら言う。

「くじらじゃなくて、じゅ・ご・ん」

確かに鯨に見えないこともないなと思いつつ、人魚か・・・？　と内心疑問を抱きつつ、咲に、ジュゴンという言葉を教える。

咲は興味津々の眼差しのままオレを見て笑うと、今度はそれを由香に向ける。

「そ、ジュ・ゴ・ン、なんだか面白い名前だね」と咲を見ながら由香が言う。

この水族館には、オレが小一のときにも家族で来たことがある。

家族三人を詰め込んだ狭い車で、まだ片側一車線だった自動車道を延々三時間かけて来たのだが、そのとき、この水族館は今の建物に立て替えている最中で、当時から看板であるジュゴンも「引越中」ということで、展示中止になっていた。しかし、当時のオレも今の咲のような眼差しで、日ごろ目にすることのないイルカやペンギンを見ていたはずだ。

まだ、ケンタが生まれる前、オレと母さんは館内を二人で見て回った。一方で平仮名二文字の男は・・・。あまり記憶にない。たぶん喫煙所でタバコでも吸っていたんだと思う。


水中を愛嬌たっぷりに漂うジュゴンをゆっくりと見たあと、イルカのショーを見て、レストランで食事をして、午後からのアシカのショーを見たあとに、館内をいろいろと見て回ったあと帰路についた。

別にたいしたところじゃなかったかな。パンフレットに載ってたのは、あれは明らかな誇張だな。

どこへ行っても、そんな悪態しかつかなかった平仮名二文字の男。この水族館に来たときもそうだった。確かに当時は建て替えの時期と重なってしまい、ジュゴンを見ることはできなかった。

しかし、それなりの楽しみ方もできたはずだ。

あの男はつまり、自分以外のすべてを否定したいのだろう。だからオレは、あの男の言動をすべて否定する。そして、由香を大切にし、咲を愛情こめて育てていく。そう心に誓った。

高速道路の渋滞にはまってしまい、オレは襲ってきた眠気と闘いつつ、ハンドルを握っていた。車内を賑やかにしていた由香と咲の声も、そのうち寝息に変わった。

サービスエリアに入って、自販機でブラックコーヒーを買って、一気に飲み干した。眠気は消え、運転を続けていたが、再び眠気は襲ってきた。

次のサービスエリアの売店で、スーパーミントとパッケージに書かれたガムを買って車に戻り、三、四粒を一気に口に入れた。口の中に広がる刺激が強く、食べ物を口に入れたという感覚すらなかったが、よく分からないまま眠気は消えた。

アパートの駐車場に着いたころには、水族館を出てから三時間以上がたっていた。

後部座席の由香を起こしたあと、オレはすやすやと眠る咲をベビーシートから降ろし、腕に抱いて自宅に戻った。

「あーー、楽しい一日だった。ありがとね、仕事大変なのに」

玄関ドアを閉めるなり、伸びをしながら由香が言った。

「お礼を言うときの姿勢じゃなくない？　それ。あーー、よく寝たって言うときの姿勢だぞ」

「すみませんでした。楽しい一日でした。ありがとうございました」

そう言ってぺこりと頭を下げた。嫌味っぽいことを言ってしまったと思い、「うむ、苦しゅうない」とおどけた言葉を返した。

欠伸をしながらお礼を言おうと、脇腹をぽりぽり掻きながらお礼を言おうと、家族なんだから別にいいと思う。自宅とは、家族がくつろぐためにある場所だ。だから、自宅の中までマナーを気にする必要などない。それに、ある程度の無礼を許すことができるのも、オレたちが家族であるという証だ。

咲をベッドに寝かせたあと、キッチンに行って冷凍庫からアイスを取り出す。バーに刺さっている、鮮やかな水色を纏ったかき氷アイスを食べながら、オレは由香がいるダイニングに行った。

「土曜日の夕方って、なんでバラエティ番組の再放送ばっかなのかな」

テレビのリモコンを持って、チャンネルを変え続ける由香。

「そんなことオレに聞くなよ。テレビ局に聞けって、そんなこと」

「それもそうだけどね。でもさ、このボタン押したら、テレビ局へのご意見をお寄せください、なんて項目がでてきたらいいのにね」

リモコンのｄボタンを指差して由香が言った。

「そういうのがあったらほんとに便利だよな。もっと質の高い番組作れって文句言ってやる」

「まあ、そうやって二言目には文句を言う人が多いから、テレビ局もやらないいんだろうけどね」

「確かに。クレーマーたちのストレス発散の場になっちゃいそうだもんな」

「ははは、有り得る」

結局、グルメ番組に行きついたところで由香のチャンネル巡りは終わった。

オレが食べているアイスを見ると、「私も食べる」と言って冷凍庫から同じアイスを持ってきた。そしてソファに座って水色を纏ったかき氷アイスを食べはじめる。オレは由香の隣に座り、二人で「発見！　東京下町グルメ」という番組を見ていた。

さきほど、バラエティ番組というものに対してあれだけ文句を言っていたのだが、「あのコロッケ美味しそう」とか、「あのラーメン屋行ってみたいね」とか言いながらすっかり番組に見入っていた。

結局は、視聴者がチャンネルを合わせてくれればそれでいいのだ。テレビ局側も視聴者側も、それで誰も困らない。

テレビというものが軽んじられる世の中になったと思ったりもする。しかし、適当に楽しめる番組を見ていれば、自然と家族のあいだに会話が生まれるものだ。もしかすると、そう導くことこそが、現代におけるテレビの役割なのかも知れないと思った。


翌日は、市民グラウンドの横にある緑地公園に三人で行くことにした。路面電車の電停がそのすぐ近くにあるため、車ではなく電車を使って行くことになった。

自宅アパートから歩いて数分のところに電停がある。駅前電停から一つ目の停留所であるこの電停は、豊山駅から真っ直ぐに伸びている駅前大通の上にあるため、駅前を出発した電車がよく見える。

「でんしゃー」

ゆっくりとこちらへ近付いてくる電車を見て、咲が言った。

「これからあの電車に乗るんだよー」

由香は少しおどけたような顔をしながら語りかける。すると咲は、とても嬉しそうな顔をして由香を見た。今日がはじめてなのだ、咲が電車に乗るのは。

坂の上へと向かう電車に乗り込み、オレと由香の間に咲を座らせる。すると咲は、窓の外を見るより先に、車内をきょろきょろと眺めていた。初めて見る電車の中身に、興味津々のようだった。

国道の真ん中を走り、Y字路を左に入ると、やがて電車は坂道を登りはじめた。心地よく揺れる車内で、咲はオレと由香の顔を見て笑った。

子供にも分かるんだな、この距離感。

数年ほど前に他の県で路面電車が廃止になり、そこで走っていたうちの何両かが、この豊山市にやってきた。元々走っていた電車と比べるとずいぶん新しくなったが、坂道を登るときの揺れ方はほとんど変わらなかった。

なんだか懐かしいこの揺れの中で、過去がオレの中に帰ってきた。

タツヤと意気投合したあの日。由香を抱いたあの日。それは共に、この揺れの中にあった。

考えてみると、人生の転機と言うと大袈裟だろうが、なにかのきっかけとなる出来事は、この十五メートルに満たない小さな電車の中で起こっていた。ということは、この心地よく揺れる乗り物はさしずめ、人と人を結びつける魔法の箱といったところか。

これからまた時代が変わっていっても、ずっと残っていて欲しい。そう思った。

坂を登りきり、家並みの中を十分ほど走ると、電車はオレたちが降りる電停に着いた。

緑地公園へと向かう道すがら、由香がふと聞いてくる。

「和田君との仲はどうなの？」

「ああ、すっかり仲直りしたよ」

「そうだったんだ。それなら、そうって言ってくれたらよかったのに」

「まあ、なんだか恥ずかしかったのかな。仲直りしたよ、なんて言うのが」

「ふーん。やっぱりガキだね」

冗談っぽい顔をして由香は言った。

「うるせーよ」

でも、やっぱりガキなのかな、オレって。でもタツヤと以前のような関係に戻れたんだから、まあいいか。

芝生広場に行き、一面の緑の上に三人で座って、持ってきたサンドイッチを食べた。

なにかのドラマで見た、こんな光景。オレはそれが理想であると感じ、そしてそんな家族を持つことを夢見ていた。だから、今まさにその光景の中にいることが、少し信じられない気がした。しかし隣にいるのは紛れもなく娘の咲であり、その隣にいるのは紛れもなく妻の由香だ。

「来週も来ようか、ここ」

「そうだね。咲も電車に乗れて嬉しいみたいだし」

涼しい秋風に乗って、遠くから電車の走る音が聞こえてきた。

「でんしゃー」

音の聞こえてきたほうを指差して咲が言った。

オレの家族になってくれた、優しい妻に可愛い娘。その存在は、愛しく、誇らしい。だから、改めて思った。平仮名二文字の男のようには絶対なってはいけないと。

「だいぶ、秋っぽくなってきましたね」

「ええ。吹く風がずいぶんと涼しくなりましたよね」

この土日で一気に季節が進むでしょう、と言っていた天気予報がずばり当たった。

休み明けの月曜日、オレはダッシュボードの上の事業者乗務証をこっそりと見た。「空車」や「賃走」の表示を出すスーパーサインの背面に掲示されている、ドライバーの顔写真と氏名が書かれた紙だ。

しかし、それはメモ用紙のようなもので覆われていた。無造作にクリップでとめられた何も書かれていない白い紙が、その面積のほとんどを隠してしまっていたのだ。

そもそも、事業者乗務証を乗客から見やすい位置に掲示することは義務化されている。

地方では乗客がタクシー会社を選ぶことができるのだが、都市部で行われている流し営業では、来たタクシーに乗らざるを得ない。そこで、一定の水準と資格を持っていることの証明として、あの場所に掲示しているのだ。なのにそれを隠してしまったら意味がないじゃないか。

まあ、個人タクシーだからその辺りのルールは緩いのか。こんな勝手な想像をして、勝手に自分を納得させた。

このドライバーに当たった初日、後部座席からフロントガラスの先を見たときに、視界の隅に白いものが入った。そういえば、そのときからこの紙が張り付いていたような、でも、張り付いていなかったような…。前方の工事渋滞が気になってそちらに視線を向けていたために、はっきりとは見ていなかった。

その日オレは、家に帰ってから母さんに電話をかけた。そして仕事で成果が出そうだという報告をしたあと、聞いた。

「いきなりこんなこと聞いて悪いんだけどさ、あの男って、今なんの仕事してるのかな」

「どうしたの？　急に」

今までされたことがなかった質問を突然されて、母さんの表情が変わったのが電話越しでもよく分かった。

「まあ、仕事にも余裕ができて、そういうことを考える心の余裕ができたっていうか。まあ、そんなとこ」

「ふーん」

納得したのかしていないのかよく分からない声で言ったあとに続ける。

「そんなこと聞かれても、連絡なんか取ってないからねぇ。どうだろう、今も土木の仕事してるんじゃないの？」

「そっか。あ、悪い、変なこと聞いちゃって」

だよな、知ってるはずないよな。別れた旦那のその後なんて。しかし、聞かずにはいられなかったのだ。オレと同じ癖を持ち、それに、タツヤそっくりだったのだ。照れ笑いをしていたときの口が。

もしかすると、あのドライバーはオレの父親なのかも知れない。

しかし、大量の酒と大量のタバコにやられたようなガラガラ声を発していた平仮名二文字の男。だから、穏やかに年齢を重ねた感のあるあのドライバーの声とは似ても似つかないのだ。それに、帽子の下から見える顔の一部も、痩せていた平仮名二文字の男とはだいぶ印象が違っていた。

父親なのかも知れない。でも、父親ではないのかも知れない。

11

「運転手さん、家族孝行ってしてますか?」

「えっ? 家族孝行でございますか?」

ドライバーは一瞬ルームミラーを見掛けたようだが、オレと目が合うのを避けたかったのか、すぐにフロントガラスの先に向き直った。

「私は独身でございます」

バツイチなんですか? と聞こうとしたが、理性がこれを止めた。このドライバーが父親ではないとすれば、こちらから聞くのも失礼だろう。

「あ、そうだったんですか」

申し訳ない、というふうにオレは言った。

このドライバーが家庭を持っているかどうかの確認がしたかった。独身ではないとすれば再婚したという可能性もあるが、少なくとも、家族、という言葉をオレが言ったときの反応が見たかったのだ。

「お客様は家族孝行、してらっしゃるんですか？」

「オレですか？　なにせ仕事が忙しくって。まあ、なんとか無理してでもやってますけどね」

「さようでございますか」

ドライバーはそう言ったあとに、フロントガラスの先を見たまま続ける。

「無理をなさるのも、仕事を持つ身としては仕方のないことでございますね。ですが、心は人に伝わるものです。ですから、大変なことかも知れませんが、ご家族と向かい合うときは本気で向かい合って差し上げてください。それではじめて、人に本当の意味での幸せを与えることができる。私はそう思います」

オレは思った。このドライバーは父親ではないと。

こういうことを言える人間が、一方的に相手に感情をぶつけるなどということはしない。それに、妻が知らないところで他でも子供をつくるという、常識からかけ離れたことなどするはずがない。

しかし今、オレの中にはもう一つの感情がある。これが、あの平仮名二文字の男の今なのか、というものが。

オレが家族という言葉を発したときの反応は、明らかにそれまでのドライバーらしからぬものだった。だから、このドライバーが父親だという可能性はまだ捨てきれていなかったのだ。

オレの父親。それは完全な悪人だ。平仮名二文字で言い表せられるだけの人間、そして反面教師。しかし、それがゆえ必要悪でもある。人は、言葉で言われただけでは心にまで響かない。だから、ああなったらいけない、あんなふうになりたくないと見る人間に思わせ、嫌悪感を心に強く植え付けさせる。それが、反面教師という人間に与えられた役目なのだ。

息子の目の前で妻にタバコの吸殻を投げつけ、嫌味を浴びせかけ、そして一度に別の場所で子供を二人もつくるような人間は、それに徹していればいい。一生を反面教師として過ごして、そしてそのまま生涯を終えればいい。それが、そのような人間の、唯一の存在価値なのだ。

オレは納得がいかなかった。もしこのドライバーが本当に父親だったとしたら、なぜ今さら善人ぶるのかと。なぜ今さら、心を持った人間になったのかと。

「家庭、持ちたいと思ったことはないんですか？」

オレは感情を抑えながら、表情を変えないように、そして口調を変えないようにして聞いた。

「家族は、一家の主の助けが必要。そして一家の主は、家族の助けが必要。互いに助け合って、一つの家庭が出来上がっている。そのことを理解できている人のみが、家庭というものを持つ資格があるんだと思います」

「じゃあ、運転手さんにはその資格がないってことですか？」

「はい。実は私も以前、家庭を持っておりました。しかしそれを理解せず、正確には理解などしようともせず。だから、妻と息子に幸せを与えてあげることができなかった。だから、そもそも私には家庭を持つ資格などなかったのです」

タクシーは交差点を左に曲がり、駅のある通りに出た。四車線の道路を一路、駅に向かう。

「街路樹も、少しずつ色付いてきましたね」

窓の外を流れる木の葉の色が、秋の色に近付きつつあった。

「ええ。さようでございますね」


その日の夜、オレはベッドの中でもの思いに耽っていた。

「どうしたの？　天井見たまま頭掻き続けて」

咲が寝ているベッドを挟んで、由香が聞いてくる。

「あ、いや。ちょっと、頭痒くてね」

右手の薬指で後頭部の辺りを掻いていたオレは、なんでもないふうを装って言った。しかし由香は「ふーん」と言いながらも納得がいかない様子で、何かあったの？　と言わんばかりの顔をしていた。

「気にするなって。ちょっと、考え事をしてただけだから。ほら、オレって考え事してるとき頭掻く癖なかったっけ」

おどけるようにそう言うと、オレは再び右手の薬指を後頭部の辺りに当て、軽く掻いた。

「そうだっけ？　まあ、大したことじゃないならいいけど」

今の説明でどうやら納得してくれたらしく、「じゃあ、おやすみ」と言って由香は目を閉じた。

それを見たオレも「おやすみ」と言って目を閉じる。そして真っ暗となった視界の中で、再び、もの思いに耽った。

営業スマイルが顔に染み付いているのか、常に柔らかな笑みを湛えたようなあのドライバーの口。その口に、平仮名二文字の男のそれを重ね合わせてみる。キレて大声を張り上げ、妻と息子を怖がらせる表情に張り付いていた口を。

一致などしない。まったく似ても似つかない。だから、あのドライバーは平仮名二文字の男なんかじゃない。オレの足になってくれている、心優しいタクシードライバーだ。

まるであのドライバーを庇うかのように、オレは自分に言い聞かせていた。

金曜日は営業先から直帰ではなく、いちど会社に帰る。来週使う書類や資料を、今週中にある程度纏めておきたいからだ。この、駅から会社までの道のりも、タクシー移動だ。実にきっぷがいい会社である。そして、そんな一週間に一回の移動にも、いつものタクシーを使っている。

前に、オレから話したのだ。金曜日は今ぐらいの時間にタクシーを使って会社に戻りますからと。すると案の定金曜日の夕方、駅前のタクシーロータリーに姿を見せるようになった。

列をつくって並んでいる内のいちばん前に停っているタクシーには乗らず、いつものタクシーに、オレは乗り込む。

「お疲れ様です」

「今進めてる話、ようやく契約が取れそうです」

「さようでございますか。なによりです」

オレの仕事の話を聞いて返してきたその言葉は、営業スマイル以上の笑顔と共に発せられたような気がした。契約が取れた、と報告したらこのドライバーはどんな反応をするのだろう。考えていると、なんだか楽しくなった。

駅を出て四車線の道路を走り、四つ目の信号を右折、そこから二車線の道路をしばらく走っていくと、会社に着く。しかし、会社までのいつもの道の途中、二車線の道路を少し行ったところで道路工事がはじまったようで、渋滞してかなり長い車の列ができていた。

「なんか工事やってるな」とドライバーは小さくひとり言を言って、渋滞の最後尾にタクシーをつけた。

「いいですよ。別に急いでないんで」

「申し訳ございません。他の道路を使えばよかったですね」

「全然構いませんよ。会社に帰って書類を少し纏めれば、今日の仕事は終わりですから」

「さようでございますか。申し訳ございません」

こんな会話をしつつも、滞りなく進んでいく腕時計の針を見て、実は、オレは少し焦っていた。

金曜日は、いつも五時過ぎには会社に着く。そして書類を纏めてから帰路につくのだが、そのときの時間が、朝会社まで送ってきてくれている事務のおばさんとほぼ一緒なのだ。

そのため退社するときも、オレは会社から駅までその人に送ってもらっている。

出勤時のみならず退社時までとは図々しいのかもしれないが、当初、会社と駅のあいだの移動用に安い自転車でも買おうかと考えていたところに、わざわざ自転車なんか買わなくても私が送り迎えしてあげるわよ、とその人から言ってきてくれたのだ。タクシー利用の許可が下りたこともあって、ここに異動してきてからずっと、オレの出勤時と金曜日の退社時の足となってくれているのだ。

しかし当然のことながら、帰社時間が遅くなった場合は、オレは徒歩で帰る。仕事が終わるまで待っていてくれとは、流石に言えないからだ。

しかし、駅までの遠い道のりというのは、一日中歩き回っていた足にはこたえる。だから、帰社時間をあまり遅くしたくないというのが本音なのだ。でも、渋滞だから仕方がないか。今日は歩いて帰ろう。

オレは、五時をすでにまわって尚、非情に進んでいく腕時計の針を放任した。そして、放任したついでに、聞いた。

「そのメモ用紙、いつもそこにくっついているんですね」

今日も相変わらず、事業者乗務証を覆っている白い紙。

「ああ、これでございますね。これは、車内の掃除をしているときに付けたものです。取るのをいつも忘れてしまって」

なんの目的で、掃除中にメモ用紙をそんなところにくっつけるのだろう。オレは、ドライバーの言ったことが嘘だと分かった。取り忘れていると言っておきながら、そのメモ用紙を一向に取ろうとはしなかったからだ。

「そうだったんですか」

確証はなにもない。ただ、オレと癖が一緒。タツヤと口がそっくり。そしてバツイチ。それだけ。事業者乗務証をメモ用紙で隠していることは、単なる状況証拠に過ぎないのだ。

タクシーは車の列の動きと共に、少しずつ前に進んでいく。やがて、左側に一方通行の道が現れた。いつもは視界の中に入ってもこなかった、車一台がやっと通れそうな狭い道だ。

「この道を行けば、お客様の会社の近くに出られますよ」

ドライバーはそう言ってハンドルを切り、タクシーをその道に入れた。

「さすが、色々な道をご存知なんですね」

オレのこの言葉を聞くと、ドライバーの口はタツヤとそっくりな口になった。そして、右手の薬指で頭を掻いた。

12

一週間後のことだった。

その日は出張で首都圏に出掛けることになっていた。取引がある会社の本社に行くためだ。自宅から直行するため、オレは豊山駅から一日数本しか停らない［ひかり］に乗り、首都圏の駅へと向かった。

「おー、渡辺君。待ってたよ」

駅に着いて改札を出ると、見知らぬ人が笑顔で顔を埋め尽くしながら声をかけてきた。

一瞬誰なのか分からなかったが、首から吊るした名札の紐に書かれた社名で、取引先の会社の担当者だとすぐに分かった。名札自体はスーツの胸ポケットにしまっているため見ることはできないが、この人が、部長が言っていた佐藤さんなのだろう。

気難しい人だから気をつけるように、とのことだったが、この風貌を見る限りそんな雰囲気は一切感じられない。温厚そうな四十代後半の男性だ。しかし上司である部長からのアドバイスだ、嘘ではないだろう。名刺交換をして、この人が担当の佐藤さんであることを確認した。

「わざわざすみません。お手間を取らせてしまって」

「いやいやとんでもない。でも、君の真面目さは支店のほうから聞いてるよ。だから今日は期待してるよ」

何気なくプレッシャーをかけられたが、別にそれを圧として感じることはなかった。サッカーをやっていたときの賜物だ。

佐藤さんは笑顔で顔を埋め尽くしたまま、オレを駅の南口まで案内していった。そしてそこから二人でタクシーに乗り込み、十分ほど走ってその会社に着いた。

契約を結ぶ上での最終確認だったが、気難しい素振りを一切見せることはなく、佐藤さんは難無く契約書に判を押してくれた。

こんなに簡単に済むものなのかと正直拍子抜けしてしまったが、変に話が拗れることなく契約できたことは、普通に嬉しかった。気難しい人だと聞かされてはいたが、そのアドバイスをしてくれた部長自身が、かなり気難しい人だ。相手に歩み寄る気持ちがなければ、それは必然と相手に伝わる。しかしこちらが相手に好意を持って接すれば、その相手だって自分に好意を持ってくれるものだ。

心は、人に伝わるもの。そういえば、いつものタクシードライバーが言ってたっけ。

今後の受注から納品までの流れなど、一通りの確認を終えて三時前には駅に戻ってきた。会社に電話で報告をして、本日の仕事は終了。そのまま直帰になるため、改札口の傍にあった喫茶店でコーヒーでも飲んでいこうと思い、店に入ろうとしたときだった。胸のポケットの中で、ケータイが震えた。

取り出してモニターを見ると、由香からの着信だ。なんだろう、こんな時間に。

「あ、雄大？　和田君のお母さんから、今電話があって」

その声で、タツヤの身になにかがあったことは分かった。少しぐらい嫌なことがあっても努めて明るく振舞ってくれる由香。しかし、電話の向こうで喋る由香に、いつもの明るさはなかった。

「和田君がバスケの試合中に転倒して、そのまま動かなくなって病院に運ばれたって…」

タツヤが心臓に抱えていたもの。間違いない、あれだ。

薄くなっている壁の一部が破れて血が心臓の外へと流れ出し、心膜とのあいだに血が充満して心臓の動きを妨げてしまう…。オレはその映像を、頭の中に浮かべた。

搬送された病院の名前を聞いて電話を切り、すぐに切符を買って、発車一分前の［のぞみ］に飛び乗った。

一時間四十分という時間が、とんでもなく長く感じた。

駅に着いた新幹線を降りて改札を抜け、タクシーロータリーに走った。駅から病院までの最速の交通手段はタクシーだった。

列をつくって、順序よく並んでいるタクシーの列のいちばん後ろに、あのタクシーはいた。今日も、オレはいつものタクシーを使うことにした。

時間はいつもより二十分ほど早い。あのドライバーも、運転席で文庫本を読んでいるようだった。オレはタクシーの横に行き、後部座席のドアの窓ガラスを軽くノックした。

ドライバーはオレの姿に少し驚いたようで、急いで後部座席のドアを開けた。

「今日は少しお早いお帰り・・・」

途中まで言いかけたが、オレの切れた息と、笑顔をつくる余裕もないような顔を見たあとに、他のなにかを言いかけた。しかしそれより先に、オレが病院の名前をドライバーに告げた。

「はい」

短く、しかしドライバーと乗客という関係においてはなんら問題のない会話だけを交わすと、いつもと同じく、一旦少しバックしてから前のタクシーを追い越して、ロータリーを出た。

いつもは営業スマイルの一部である口は、今は真一文字に結ばれたのみだ。そして、所謂急がつく運転など絶対にしないドライバーだったのだが、今日ばかりはアクセルの踏み込み方が強い。

「安全運転で飛ばします」

安全運転なのかそうではないのか、よく分からないことを言ったあと、車線変更を繰り返して前を走る車を追い越していく。でも、なんだか嬉しかった。

もし自分が捕まったら、お客さんをパトカーで病院まで送っていって欲しいと警察官に頼み込む。そんなことを思ってハンドルを握っているように見えたからだ。

前方の歩行者信号が赤に変わり、車用の信号がこれから赤になると分かればすぐに脇道に入り、車一台がやっと通ることができる細い道を行く。しかしスピードは出ているものの、見通しの悪い交差点を通るときや路面の凹凸を乗り越えるときは、緩やかにスピードを落としている。乗っていて、怖さは感じなかった。

タクシーは十分ほどで病院に着いた。「お釣りはいいです」と言ってオレはドライバーに五千円札を渡した。こんなときに限って千円札がないのだ。

タクシーを降りようとしたとき、言っておこうと思った。いや、言わなければいけないと思った。

「ちょっと、待ってて貰っていいですか？」

「かしこまりました」

帽子を深く被った顔をこちらに向けて、ドライバーは言った。

オレは受付に向かった。タツヤの名前と、救急車で運ばれてきた患者だということを伝えると、受付の女性は「お待ちください」と言って電話を取った。

「救急搬送されてきた患者さんですが、…はい。和田、辰哉さんです。…はい、…そうですか、…はい、分かりました」

声のトーンが少しずつ落ちていったのが分かった。それは、只今手術中ですので手術室にご案内します、という言葉が続くようなトーンではないのは明らかだった。

「当病院として最大限の努力を致しましたが——」

もう、分かってた。もしも心臓に開いた穴が大きいものであった場合。だから、倒れたまま動かなくなったと電話で聞かされた時点で、自分の中ですでに覚悟はできていたんだと思う。しかし、ほんのわずかな、一縷の望みを賭けてここまで来たのだ。なのにドライバーに待っていて欲しいと言ったのは、すでに諦めの気持ちが、自分の中で他の何よりも強くなっていたからだった。

エレベーターのドアの前に立ち、下の階に向かうボタンを押した受付の女性の隣で、六階からするすると下りてくるエレベーターを待っていた。これから案内される部屋の名前は聞かされなかったが、もうタツヤと今までのような関係でいられなくなってしまったことは確かだった。

案内された部屋へ入ると、白い布が被せられたベッドがあった。そのベッドの上のほうへと視線を上げていくと、こんどは白いひと切れの布が現れた。

蛍光灯の明かりで照らされ、やたらに眩しく見える白で覆い尽くされたベッドの脇には、タツヤのお母さんと、それに車椅子バスケのチームメイトの人たちなのか、車椅子に乗った男性が三人、無言のまま布に覆われたタツヤを見ていた。

オレは、こちらを見たタツヤのお母さんに軽く頭を下げた。

「来てくれたのね。ごめんなさいね、いきなり電話してしまって」

「いえ、そんな……」

オレは頭を軽く左右に振った。

タイトな服装は変わっていない。ただ、少し老けたようだ。目尻の脇には小皺が刻まれ、頭には白髪も少し混じりはじめていた。

「辰哉、渡辺君来てくれたわよ」

柔らかな表情を白いひと切れの布に向け、まるで小さい子供に優しく語りかけるように言った。そして、口調を戻し、続けた。

「親にとって息子というものは、いつまで経っても息子であり続ける。成人しても、オジサンになっても、親から見れば永遠に自分の息子。だから、永遠に愛すべき存在なの」

白いひと切れの布を見るタツヤのお母さんの目は、子供を優しく見守る母親の目だった。

やがて、オレのほうを見て言った。

「実はね、渡辺君。辰哉、ずっと迷ってたの。こんな心臓を抱えてる自分がバスケなんかやってていいのかって。でも、あなたに気持ちを打ち明けて、それであなたから背中を押してくれる言葉を貰って、決心がついた。好きなことを、やりたいことをやって生きる。そんな毎日を送ることができて本当に幸せだ。辰哉、そう言ってたのよ」

—自分が好きなことをやってるときが、いちばん幸せなんだよな—

オレは、「ふたりぼっち」でタツヤに言った言葉を、心の中でもう一回言った。

……じゃあ、オレがあのときタツヤにバスケを止めさせていれば、タツヤは死なずに済んだということなのか？　「何考えてんだよお前、もっと自分の体大事にしろよ」とタツヤに言っていれば、タツヤは死なずに済んだということなのか？

オレは自分を責めようとした。

「あなたのおかげよ、辰哉が幸せな人生を送ることができたのは。事故に遭って、心臓の手術して、サッカー諦めて、高校退学して。辰哉の人生、嫌なことばかりだったかも知れない。だけど、高校生になってあなたと出会ってから、ずっと、毎日を楽しんでるみたいだった。で、事故に遭って、両足切断して、それからはずっと元気なんかなかったのよ。あなたの前では元気があるように見せてたけどね。でもバスケはじめてから変わったの。毎日が楽しそうで、幸せそうな顔してた。だから辰哉も私も、あなたには心から、感謝してる」

まるで、オレに自分自身を責める隙など与えまいとしているかのように、一気に、しかし、タツヤと同じにこやかな表情で、言った。オレのせいでタツヤは死んでしまったなんて、そんなことを考える必要はない。そう言ってくれているようだった。

病院を出ると、タクシーは「予約車」の表示を出した状態で、車寄せの隅に停っていた。

オレが前から近付いてくることに気付き、ドライバーはドアを開けた。そして、オレはタクシーに乗り込んだ。

防犯ガードの下辺り、コンソールボックスの上に千円札四枚と、小銭がいくらか乗せられていた。オレはそれを静かに財布の中に入れた。

「いかが、でしたか？」

横目でオレを見るような感じで頭を少しこちら側に向け、そして、ゆっくりとした口調で聞いてきた。

「だめでした」

「さようでございますか。お気の毒さまです」

「駅まで、お願いします」

「かしこまりました」

オレとドライバーとの間に、それ以上の会話はなかった。

タクシーは、夜の色に覆われた街の中を走っていく。窓ガラスの外を流れていく無数の明かりを、オレはただただ、ずっと見ていた。

「タツヤ、っていう、兄弟というか親友というか、まあ、そんな関係のヤツでした」

オレは窓の外を見たまま言った。

一定の間隔で車内をオレンジ色に照らす道路灯の明かり。しかしその明かりがいくつ過ぎていっても、ドライバーの声は聞こえてこなかった。

「葬式は三日後です。そいつの自宅で」

あまりに突然のことで、オレは泪を流すことができなかった。突然という時間の悪戯は、人から感情を奪ってしまうようだった。

豊山駅へ向かう快速電車の車内、オレは何を考えるわけでもなく、ただシートに座っていた。しかし心が時間を持て余し、やがて無意識のうちに、タツヤと出会ったあの日からの出来事を写した走馬灯の映像を、頭の中で何度も何度も、反芻しだしていた。

気持ちが落ち着けば、泪のひとつでも出てくるのだろう。多分。

豊山駅に着いた電車を降り、歩いて五分ほどの自宅アパートに帰った。

「ただいまー」

「おかえりー」

由香はキッチンで食事の支度をしていた。

毎週金曜日は、オレの帰宅の時間に合わせて少し遅めの夕食になる。オレがいつも家に帰り着く少し前ぐらいの時間から由香が支度をはじめ、三人で出来立てのご飯を食べることになっている。しかし今日は、時計の針が七時をとうに過ぎており、咲もすでに夢の中だった。

由香は、オレの帰宅を待ちかねてキッチンに立ちはじめたばかりだったらしい。材料のままの食べ物が、調理台の上に並んでいた。

「ごめんな、八時前には帰るって電話しておけばよかったんだけど」

「ううん、いいよ」

ネギを刻みながらそう言ったきり、由香はなにも言わなかった。包丁がまな板を叩く音だけが、部屋の中に響いた。

日頃から、あまり好ましくない報告は電話ではなく、家に帰ってから直接話すことにしている。コンサートのチケット取れなかったよ、とか、スーパー行ったんだけど特売の肉売り切れてたよ、みたいな報告を。

だから今日も、オレは家に帰るまで電話することはなかった。そんなオレの行動で、好ましくないほうの結果であると由香は分かったのだろう。

「お、今日チャーハン？」

「うん。豚肉余ってたから、焼肉チャーハン」

「肉、ニンニク醬油に漬けてるんだ」

「そう。雄大のお母さんから教わった、渡辺家の味。豚肉でもやってみた」

「そうなんだ、美味しそう」

いつもはもっと長く続く会話が、今日は続かなかった。オレの質問に由香が答え、その答えに対してオレが言葉を返すという、必要最低限の会話のみだった。

オレはキッチンのシンクのところに行って、コップに水を汲みながら言った。

「だめだったよ、タツヤ」

「やっぱり、そうだったんだ。和田君のお母さんから電話貰ったとき、危ないって言ってたから覚悟はしてたんだけど」

付け合せの卵スープをつくりながら由香が言った。

「ごめんな、なんだか言い出せなくって」

「ううん。雄大が辛いのは分かってるから」

二人、お互いの顔を見ることはなかった。

正直、辛くはない。悲しくもない。まだ、現実が飲み込めていないのだ。だから、泣いていないだけ。手に持っていたコップの中の水を、オレは一気に飲み干した。

葬式当日。朝から柔らかな日差しが地上を覆い、筋雲が空に綺麗な模様を描いていた。

受付にはタツヤのお母さん、そしてその横にオレと由香が並び、弔問客を中に入れていく。元が喫茶店という家には、庭と呼べるようなスペースはなかった。そのため、入口ドアの横にあるパーテーションを使って家の中に受付をつくった。

葬儀会場は、ダイニング兼キッチンの床に、高さが五十センチほどの木で出来たボックスを敷き詰めて、その上に即席の和室を設え、そこを会場とした。葬儀会社に依頼したら結構な金額になったが、タツヤのお母さんとオレとでお金を出し合った。セレモニーホールを借りるのではなく、住み慣れた家で葬式をやってあげたいというタツヤのお母さんの希望に、オレも賛同してのことだ。

ついに今日まで、そして今も、オレは泪を流すことはなかった。今まさに葬式の最中だというのに、タツヤがいなくなってしまったという実感が未だに沸いてこなかったのだ。

葬式は、粛々と滞りなく進んでいった。

葬儀、告別式が終わり、そして、出棺。オレと、親戚の人たちの六人で棺を持ち、霊柩車に乗せた。黒い観音開きの扉が閉められ、そして長いクラクションを響かせると、その音の余韻の中で黒い車はゆっくりと動きだした。

道の脇でオレは咲を抱いて立ち、そして隣には由香が立っている。一列に並んだ十人以上の列は皆一様に、ゆっくりと遠ざかっていく黒い車を目で追っていた。

そのときだった。咲が、遠くなっていく黒い車に向かって小さく手を振りながら、言った。

「バイバイ」

そして、その小さな手を、いつまでも振り続けた。

「まだ、人が死んじゃったっていうことが分からないんだよね」

由香は思わず出た泪で目を濡らしながら、咲に優しく語りかけた。

このときオレの中で、堰がプツリと切れた。

オレは、咲の服の中に顔を埋めて泣いた。嗚咽が漏れてしまわないように、咲の服に自分の顔を押し当て、泣いた。辛ければ、悲しければ、泣いていい。泣いて気が済むのなら。泣いて寂しさを紛らわすことができるのなら。そして、感情が高ぶり、思考停止に陥ることで耐え難い悲しみから逃れることができるのなら。

それは、人に与えられた自己防衛本能なのだから。

いろいろあったけど、タツヤに会えて本当によかった。

さよなら、兄弟。

13

偶然視界に入った木の、その幹の部分に何気なく目をやった。するとその影に、あのタクシードライバーがいた。

臨時の駐車場として使わせてもらっている空き地の、その隅のほうに立っている木。そこに、ドライバーはいた。

オレは駐車場に停っている車の中から、あのタクシーを探した。すると大きめのミニバンの影に、隠すように停めてある車が見えた。少し前に突き出た形状のバンパーが、ミニバンの鼻の先から覗いている。そしてそのミニバンのガラス越しには、あのタクシーの行灯が見えた。

なんだよコソコソと。張り込みの刑事みたいなことしやがって。

でも、やっぱり来てくれたんだな。これで確信できたよ。

その後ろ姿はほとんどが木の影に隠れているが、この角度からだと帽子を手に持ち、目頭を押さえている様子が見えた。

「やっぱ、来てくれたんだね」

由香がそっと言う。

オレの目線の先を由香は追っていたようだ。木の影に隠れ、目頭を押さえる男を見て分かったのだろう。あれがお父さんだって。

両親が離婚してから父親とは会っていないということは、すでに由香には言ってある。そしてオレとタツヤの関係も、もう伝えてあった。

霊柩車を見送った参列者は、葬儀会社がチャーターしたバスに乗り込んでいく。

「ちょっと、先に行ってて貰っていいかな？」

オレは小声でそう言うと、咲を由香の腕に預け、ドライバーのところへと向かった。

元喫茶店の、道路を挟んだ向かい側。木のすぐ近くに立って、オレは言った。

「斎場まで、お願いできますか？」

一瞬、ドライバーの肩がビクついたように動いた。そしてドライバーは頬を一拭いすると、こちらを振り返った。

「かしこまりました」

目から尚もこぼれ落ちそうになっていた水を、指で拭い取った。

「すいません。目にゴミが入ってしまって」

なにが目にゴミだよ。

だいぶ白髪も増えて少し太っていたが、間違いなく、オレの父親だった。懸命に、いつもの営業スマイルをつくろうとしているのだろうが、頬につたわっていたものを拭うことに気を取られているようでその素顔が見えた。それは少なくとも、オレの印象の中に残っている顔ではなかった。

二人はタクシーに乗り込んだ。ドライバーは帽子を被り、タクシーのエンジンを掛け、ギアをドライブに入れた。沈黙の中、それらの音は妙に大きく聞こえた。

走り出したタクシーの中で、オレは由香にメールを打った。

To：渡辺 由香

題名：無題

本文：タクシーで向かうよ。父親と一緒に。

送信。そして、メール受信。

From：渡辺 由香

題名：祝！ 再会

本文：待ってます。

ありがとな、由香。オレは、ケータイをワイシャツの胸ポケットにしまった。

ゆっくりと走るバスにタクシーはすぐに追いついた。そしてそのバスの後ろを、タクシーはゆっくりとついていく。

「オレの父親、ひどいヤツでしてね」

オレは窓の外を見ながら、いつもの口調で言った。

「さようでございますか。どのような方なんですか？」

懸命に笑顔を作っているんだろうな、というのが声のトーンで分かる。

「一方でオレをつくって、もう一方で別の子供を同時につくった。最低なヤツですよ」

「さようでございますか。そんな方が、世の中にはいらっしゃるんですね」

「いるんですよ、そんな人が」

「さようでございますか」

鼻をすする音が聞こえた。

「同時につくった二人の息子を放ったらかしにして、今は行方知れずです。どう思います？こんな人」

息を吸った音が、かすかに震えて聞こえる。

「でも、二人のお子さんが心配でたまらなかったんじゃないですかね、そのお方も」

「そうですかね？」

「自分の息子を思わない父親なんて、この世にいるはずないじゃないですか」

一度言葉を切ったあと、震える声で続けた。

「もしも私が、あなたたちの父親だったとしたら、折に触れ、息子たちの様子を見に行きます。それが……それが、唯一の楽しみなんです」

山越えの街道を、タクシーはバスの後ろについて登っていく。カーブをなぞる度に高度が増し、窓の外にも緑が多くなってきた。

街道を逸れて、木漏れ日の中の道を少し走ると、斎場に着いた。ドライバーは広い駐車場の隅のほうにタクシーを停めた。オレはタクシーを降り、ドライバーも続けて降りる。

ドライバーは運転席のドアの横で、オレは後部座席のドアの横で、黒い車から出される棺を見ていた。

建物のドアが開けられ、その中へと棺は運ばれていった。そして、閉められたドアを、二人でしばらく見ていた。

　深呼吸し、木々の隙間から街並みを見た。ちょうどこの位置から、遠く、あの坂が見えた。電車が坂を登ってくる。やがて、別の電車が坂を下っていく。

　二人は、互いの表情を知ることのないまま、会話をはじめた。

「元気で、やってるのか？」

「はい」

「オレの娘、可愛いだろ」

「ええ、とても可愛いお嬢様でございますね」

「あんたの孫だよ」

「さようでございますか」

　長い道のりになると思うけど、これから少しずつ、一緒に思い出作っていこうや。オヤジ。オレはこれから、タツヤが空へと還ってゆくのを、タツヤのお母さんと見守らなければいけない。それが終わったら、二人で飲みに行こう。［ふたりぼっち］に。

「今日の夕方、時間取れるか？」

「はい」

「いい店知ってんだ。一緒に、飲みに行こうぜ。タクシーはアパートの駐車場に空きがあるから、そこに停めておいてくれていいよ。明日までの宿も、家《うち》、ひと部屋余裕あるから、そこに泊まって貰っていいからさ」

オレは一呼吸おいて、続けた。

「四時過ぎに、またここに来て待っててくれよ。オヤジ」

ドライバーは少し間を置いてから､意を決したようにこちらに向き直った。そして､言った。

「かしこまりました」

帽子を深くは被っていないため、顔がよく見える。営業スマイルの一部だと思っていた口元の笑みは、つくられたものではなかった。

とても穏やかで、優しそうな顔の一部だった。

著者略歴
浜　由路（はま　ゆうじ）

1980年静岡県生まれ。静岡工科専門学校（自動車電子科）卒業。その後、自動車整備士、派遣社員（工場勤務）を経て、現在は、設備管理の仕事に就く。
著書：君が伝えようとしたこと（セルバ出版）

坂道トラム

2013年6月21日　発行

著　者　浜　由路　©Yuji Hama
発行人　森　忠順
発行所　株式会社 セルバ出版
〒113-0034
東京都文京区湯島1丁目12番6号高関ビル5B
☎03（5812）1178　FAX03（5812）1188
http://www.seluba.co.jp/
発　売　株式会社 創英社／三省堂書店
〒101-0051
東京都千代田区神田神保町1丁目1番地
☎03（3291）2295　FAX03（3292）7687

印刷・製本　モリモト印刷株式会社

Printed in JAPAN
ISBN978-4-86367-121-8